長編小説

欲望百貨店

沢里裕二

竹書房文庫

目次

第一章　紳士服売り場

1

日本橋を吹き抜けていた寒風が、少しだけ和《やわ》らぎ始めたこの頃だ。

『北急《ほっきゅう》百貨店本店』では、来月に控えたスプリングセールに向けて、全館の模様替えを急ピッチで進めている。折しも三月は期末決算月である。

社員一同が最大のライバル『銀座松菱《まつびし》百貨店』の売り上げを追い抜こうと、懸命に戦略を練っていた。

売り場部門は、春を演出するために様々な趣向を凝らし、外商部部門は、期末決算までに、大型受注を取ろうと必死であった、
そんな折も折。

紳士服売り場で、外商部の青山浩平《あおやまこうへい》は運試《うんだめ》しをしていた。

「いやいや、浩平さん。ここでフェラチオは、いくらなんでも不謹慎ですよ」

有森美佐枝《ありもりみさえ》は、その特徴的な小顔を二度ほど横に振ったものの、じきに狭い試着室の床に両膝をつき、浩平のファスナーに指をかけた。鏡に背中を向けている。そこに映る尻がこころなしか弾《はず》んで見えた。

——これは、出世が出来そうだ。

胸底《きょうてい》で呟《つぶや》いた。

スケベな女とやればやるほど、運気が上がる。

それが今年三十歳になる浩平の信念だ。事実、浩平のこれまでの人生がそうであった。

小顔なのに、ヒップはかなりでかい。いかにも男好きのしそうな巨尻である。それに何んともスケベそうな唇だ。

「ほんのちょっと、舐《な》めるだけですよ」

美佐枝は腰を突きだしながら言う。鏡に映る黒のスカートスーツのヒップ部分の生地がピーンと張り、パンティラインがくっきり浮かんで見えた。極小パンティのようだ。地味な制服とのアンバランスさに、スケベ心をくすぐられる。

ここは、北急百貨店の六階、紳士服売り場である。

「薄いカーテン一枚の奥で、舐めてもらうと、ベッドでされるより何倍も興奮するんだ」

青山浩平は、みずからファスナーを下げて、使い込んだ男根を取り出した。

肉の尖《とが》りは、すでに猛《たけ》っている。

亀頭も胴部も褐色に染まっている。大勢いの女たちの粘膜に磨き上げられ、淫水を塗《まぶ》されたゆえんである。

「さぁ、早く舐めてくれ」

浩平は、美佐枝の眼前で、ブルンブルンと亀頭を揺すった。

「この亀頭、なんて凶暴な顔をしているんでしょう。社内で一番さわやかと評判の浩平さんのイメージと真逆だわ」

美佐枝は、舐める前に、まじまじと浩平の亀頭を見つめた。

女性もやはり、外見と中身が異なった方が興奮するらしい。

生暖かい息がかかる。

それだけで、興奮度が高まり、肉の胴に太い筋が何本も浮かんだ。ズボンの股間が引き攣《つ》れて、中に収まったままの睾丸が痛いほどだ。

「俺の亀頭は、舐めてもらうと、優しい顔になる」

跪《ひざまず》いている美佐枝を見下ろしながら言った。言ってから、なんてあんぽんたんなことを言っているのだろうと、自分でもおかしくなった。

早く舐めてもらいたくて、尖端が疼《うず》いてくる。

上から見下ろしていると、美佐枝の巨大な双乳が、白いブラウスを押し上げている様子もはっきり見えた。いつもはジャケットに包まれていて、漠然としか判断がつかなかったバストが、いまははっきりメロンサイズだとわかる。

レースの縁取りのあるピンク色のブラジャーも透けて見えた。

「舐めたら優しくなるってホントかな？」

美佐枝が上目遣《うわめづか》いで言う。

「舐めてみればわかるよ」

「そうぉ？」

パールピンクのルージュを塗った唇が大きく開いた。唇の間に涎《よだれ》が引かれ、その奥に肉厚の舌が見えた。スケベそうな舌だ。

「早くやってくれ」

美佐枝が目で頷《うなず》いた。

ねろり。

いきなり亀頭裏の三角地帯を舐められる。

「うぅっ」

浩平は、思わず右手で自分の口を押えた。あまりの快感に声を上げそうになってしまったのだ。

男の喘ぎ声ぐらい、間抜けな声はない。

「んにょ。ふひゃ」

美佐枝が、ソフトクリームを舐めるように、亀頭冠の下から、尿道口のあるてっぺんを目指して舐めあげてくる。

「んんんんっ」

浩平は、両膝に力を込めた。

そうしないと立っていられそうにない。

試着室の薄いカーテンの向こう側に、数人の客と同僚たちがいると思うと、一気に興奮させられた。

早く口中に収めてくれないものか。

じれったい気持ちを抑え切れず、爪先で美佐枝の股間を突いて催促した。もちろんスカートの上からだ。トントンと押す。尻が揺れた。

「いやん。後ろに倒れたらどうするのよ」

そう言った後に、かぽっと亀頭冠を口中に収めてくれた。咥《くわ》えて、後転するのを堪《こら》えた感じでもある。

――陰茎は、手すりじゃねぇ。

などと、うそぶきたくなるものの、それより先に快感の渦《うず》がどっと押し寄せてきた。

「おぉっ、いいっ」

柔らかい唇が、陰茎の中央部を挟み込んでいる。

「浩平さん、おっひぃ」

大きいと言っているのか、美味《おい》しいと言われているのか、よくわからない。どっちでもいい。

つづいて、根元をしっかり指で押さえられ、亀頭冠を、じゅるり、じゅるり、と舐められる。

上手《うま》い。

浩平は顎を上げた。

紳士服売り場の華《はな》と呼ばれる美佐枝だけのことはある。

外商部の浩平は、日ごろは店内の売り場を歩くことは少ない。今日は背広の仕立てを請け負った顧客に、合わせるネクタイを五本ほど依頼されたため、それを探しにやってきたのだ。

それで、いい機会だったので美佐枝にちょっかいを出してみたのである。

有森美佐枝は、売り場で色気を振りまいて、中年男により高額な背広やシャツを買わせてしまうと評判の女だった。

――エロ男、エロ女を好む。

浩平としては、どれだけスケベなのか試したくなったわけだ。

美佐枝は美佐枝で、浩平の女たらしの噂を聞き及んでいたようだ。ネクタイを選んでもらっているときから、美佐枝の熱い眼差《まなざ》しを感じていた。

こんなときは、勝負を挑むのは早いほうがいい。女は気分の生き物だ。その気になっている時が最大のチャンスだ。機会を逃すと、二度と巡り合えないことの方が多い。

恋愛ではない。下手《へた》に駆け引きなどせず、ずばり攻めることが肝心だ。

ショーケースの上に、五本のネクタイを選び出してきた美佐枝に、浩平はあっさり切り出した。

「やってみないか？」

美佐枝は、頬を赤らめた。

「ネクタイ、試しに締めてみますか？」

「こっちを締めてもらいたい」

さりげなく股間を指さした。

美佐枝が、ぷっと噴き出し、顎を引いた。眼のふちが赤い。発情のサインだ。

「早番なので、あと三十分で上がりになります。どこか食事にでも連れて行ってくれますか？」

美佐枝が蠱惑《こわく》的なほほえみを浮かべた。

「それじゃつまらない。いますぐだ」

三十分待ったら、気が変わる女がほとんどだ。女のアソコは濡れるのも乾くのも早い。熟している間に、さっさと挿《さ》し込みたい。ビジネスと同じだ。

さすがに美佐枝は混乱したが、浩平は有無を言わせずに、試着室に連れ込んだ。

男根だけを取り出し、舐めてもらいながら、浩平は、靴下を履いたままの爪先を、蹲踞《そんきょ》の姿勢でしゃぶる美佐枝のスカートの中に忍び込ませた。太腿《ふともも》を押し広げ、黒パンストのセンターシームの上から、女の一番柔らかい部分を押す。

ぐずぐずになっていた。爪先に火照《ほて》りと湿り気を感じた。

足の親指を立てて、割れ目をなぞる。

「あんっ」

美佐枝が、喘ぎ声を抑えようと、亀頭で喉を塞《ふさ》いだ。凄いことをする女だ。浩平は亀頭の先端と足の親指で女の柔らかい粘膜を存分に楽しむことにした。

「クリトリスも押してください」

美佐枝が喉を詰まらせながら言った。

「もちろんだ」

二月の閑散期ではあったが、紳士服売り場には、中国人団体客たちが流れ込んできたようだ。

そんな中、浩平は美佐枝の蕩《とろ》けるような口唇愛撫を受けながら、なおかつ自分も、足の親指で美佐枝のパンストの股座《またぐら》を摩擦していた。

なんとなく、肉芽《にくめ》の位置もわかった。股間のほかの部分は、どんどん柔らかくなっていくのに、ある一点だけが、コリコリと尖っているのだ。

「はふっ」

美佐枝がいやらしく腰を振る。

「あの、私が自分の股を動かしますから、浩平さんは、靴下を脱いで、足の親指に思い切り力を込めてください」

上目遣いに、そう言われた。

——何する気だ？

浩平は、急いで右足だけ靴下を脱いだ。そのまま試着室の壁に寄りかかり、右足を突き出した。

美佐枝が、その足首を掴んでスカートの中に誘導した。パンスト独特のザラザラした感触の奥から、生温かい湿り気が、親指に伝わってきた。

まさに「蒸れまんじゅう」だ。

裸足になった足親指にグッと力をこめた。俺の足親指は、バイブだ！

「あんっ」

美佐枝も股を押し返してきた。

指腹に、ポチッと尖りが当たった。

「私のポイント、ここなの」

「おぉお、わかったぞ」

上擦った声の美佐枝が、パンスト股布を親指の腹に、擦りたて始めた。

「あふっ、ひゃふっ、浩平さんの親指硬い」

譫言《うわごと》を吐きながら、美佐枝は、まるで騎乗位で繋《つな》がりあう男女のように尻を振った。

これは事実上の見せオナニーだ。

「あんっ、凄いっ。ずっと硬いままだわ」

「当たり前だ。足の親指なんだから、萎《しぼ》んだら逆におかしいだろう」

「あっ、ごめんっ。おちんちんじゃないのよね」

美佐枝が、再び男根をしゃぶり始めてくれた。

スケベな女はいい。

「あっ。いやんっ。気持ちいい。しゃぶりながら、クリトリスも押されると、ふたりがかりで責められているようで、なんだか3Pしているみたい」

やられているんじゃない。あんたひとりでやっているだけだ。

そう思ったが、浩平は口に出さず、このスケベな女をどう料理すべきか、いろいろ思考を巡らせた。

美佐枝の口唇愛撫は三分以上も続いた。たったの三分だが、亀頭の裏筋をひたすら舐められると、さすがにしぶきたくなる。

男の淫幹はデリケートだ。

美佐枝のほうは、まだ貪欲に、浩平の足親指にクリトリスを擦り付けている。

「なぁ、いっそパンスト破ってくれないか」

亀頭の先端から白液を噴き上げそうになるのを何とか堪えながら、浩平としても反撃に出ることにした。

「えっ？　浩平さん、ここで生まん出させる気？」

「こっちは出しているんだ。当たり前じゃないか。もう入れたい」

浩平は挿入を願い出た。

「嘘っ。ここで最後までやっちゃう気ですか？」

美佐枝がさすがに狼狽《うろた》えた。

「一発、やろうっていうのは、そう意味だろうが。口だけで抜かれちゃったんじゃ、たまらないよ。俺も、美佐枝ちゃんを泣かせてみたい」

「そんな、声出しちゃったらどうするんですか。ここは試着室ですよ」

美佐枝が小さな声で言う。

「そのギリギリ感が、たまらないんだよなぁ。美佐枝ちゃんの切羽《せっぱ》詰まった顔が見たい」

「そんな……」

と美佐枝は顔を顰《しか》めたものの、その潤んだ瞳の奥には、ありありと好奇の色が浮かんでいた。挿入されたい願望はある、とみた。

「俺の足の指を使って、中心部を破ってくれないか」

「えっ。破れるかな？」

やる気だ。

美佐枝は、黒のパンストのさらに一段階色が濃くなっている股部を摘《つ》まみ上げると、浩平の足親指に擦りつけた。

ほんの僅かに伸びた爪の先端を使っている。

ほどなくして、ビリリと破れた。

いったん綻《ほころ》びの出来たパンストは脆《もろ》い。浩平は、爪先を器用に動かして、破れ目を拡大した。

「いやんっ」

内側からローズレッドのパンティが覗けた。クロッチ部分にはすでに染みが浮かんでいる。押してみると、ぐちゅっと音がした。

「そのパンティをずらしちゃいなよ」

小声で唆《そその》かす。早く、美佐枝の中味が見たくてしょうがなかった。

「照れるわ」

美佐枝は、クロッチを右にずるっと寄せた。

試着室に、女の噎《む》せ返るような発情臭が一気に舞い上がった。

2

「立ち上がってくれないか」

浩介は、いよいよ反撃に出ることにした。

美佐枝が照れ笑いを浮かべながら、ゆっくり立ち上がった。

さすがにスカートの裾をおろして、破れたパンストを隠している。

「こんなに恥ずかしい気持ちになったのは久しぶりです」

下着を膝まで下ろした美佐枝が、肩を竦《すく》めて見せた。

たいした度胸だ。

有森美佐枝、二十六歳。この女は、今はまだ紳士服売り場の販売員でしかないが、いずれ頭角を現すに違いない。浩平は、そう確信した。

「スケベな人間ほど成功する」というのが浩平の人生哲学である。

何故なら、スケベ心は想像力を豊かにするからだ。

『こんなことは果たしてできるのか？』

『何とか、この女とやってみたい』

そういう一途な気持ちが、開かない扉を、こじ開ける。

例えば、浩平はこうやって試着室で、販売担当女性にフェラチオをさせてみたかった。その一念が、自分同様にスケベな美佐枝という女とめぐり合わせてくれたような気がするのだ。

ひとつの夢が叶《かな》えば、さらなる目標へ挑戦したくなるのが、人間の本能だ。

「鏡に向かって、手をついてくれ」

浩平は、狭い試着室の中で、そう懇願した。

「私も、それ、一回やってみたかったの」

美佐枝の瞳も爛々《らんらん》と輝いていた。気が合う。だが――、

「本当にまだやったことはないのか？」

浩平は、いちおう聞いた。

この女ならば、得意客や紳士服売り場主任の吉田《よしだ》あたりとやったことがあるのではないかとも思ったからだ。

「いままではオナニーだけですよ。フェラチオも今日が初めてだわ」

美佐枝があっけらかんという。

「オナニーはしたんだ」

「ええ、スリルがあるんです。以前はトイレの個室でおっぱいやクリをいじって楽しんでいたんですが、しょせん、同性しか入ってこない女子トイレでは、刺激に限りがあります」

ただ者ではない。

「たしかに、試着室はスリル満点だな」

カーテンのすぐ前を、今も中国人団体客が、あれを見せろ、これは何だと、騒ぎながら行きかっている。

「カーテンが開いたら、一発でアウトですよね。オナニーなら、ちょっとお腹が痛かったから、ここでしゃがんでいた、と言い訳が通じるんですが」

ということは、カーテンが開くこともあるということだ。

浩平の神経にも男根にも緊張が漲《みなぎ》った。

「なんだか、自分の顔を見ながら、挿入されるのって怖いですよ」

美佐枝は試着室の全身が映る鏡に両手をついて、尻をつんと跳ね上げた。

唇を舐めている。

その鏡には、背後にいる浩平の姿も映っていた。

「俺も、AV男優になった気分だ」

美佐枝の臀部《でんぶ》に隠れて、自分の猛々しい逸物《いちもつ》は鏡には見えない。だが、立ちバックで挿入する様子を、正面からまじまじと見るのは、興奮するのと同時に、多少の羞恥もあった。

挿入中の男の顔はさぞかし間が抜けて見えるのではないだろうか？

「ねぇ、私、そろそろ探されそうよ」

美佐枝が尻を振った。いざとなると女のほうが、遥かに度胸が据わっている。

「そうだよな。じゃあ、スカートまくるぞ」

浩平は美佐枝の制服スカートの裾《すそ》に指を這わせた。

「いちいち、言わないで。余計に興奮しちゃうわ」

鏡の中の美佐枝の目の縁がねちっと赤く染まる。

浩平は、黒のタイトミニをぐいぐいと引き上げた。

尻にフィットし過ぎているので、剝《む》きだすのに一苦労だ。

ようやくミニスカートの裾を腰骨の上にまで捲《めく》り終えた浩平は、思わず唸った。

「うわっ。これはエロ尻だ」

丸々として、いかにも弾力のありそうなヒップを包んでいるクリのパンストの谷底に穴が開き、さらにはその下のワインレッドのパンティが右に押しやられているのだ。

さっきまでは、美佐枝がしゃがんでいたので、はっきりとは確認できなかったのだが、女陰は見事なパールピンクだった。

「いやんっ。浩平さんがパンスト破って、おまんちょも出せって言ったんじゃないですかぁ」

美佐枝が抗議の声を上げ、羞恥に顔を歪ませた。

いやいや、確かにそうだが、この淫景はエロ過ぎる。

黒のパンストの破れた穴から、ピンク色の女の肉丘がぽかりと浮かんで見えるのだ。

浩平は思わず凝視した。

「いやっ、見ないでくださいっ」

「わかった。見えないようにピンクの孔《あな》を塞いでやる」

浩平は硬直した亀頭を女の一番柔らかな部分にグッと押し込んだ。圧迫感がたまらなかった。

「あっ、入ってくる！」

試着室の鏡に手をつきヒップを掲げる美佐枝の左右の腰骨のあたりを摑《つか》み、浩平は肉の尖りを、ずいずいと挿し込んだ。

パンストの破れ目と寄せたパンティクロッチの脇からはみ出ている紅《あか》い孔に、ゆで卵のように膨らんだ亀頭が、潜り込んでいく。

尻は黒いパンストに包まれたままなので、赤銅色の男根は暗い海に沈んでいくように見えた。

最初の一刺しは、男にとっても女にとっても、最大の悦《よろこ》びを与えてくれる。狭い膣《ちつ》路に、ずっぽり嵌《はま》った。

「あんっ」

鏡に映る美佐枝の小顔が、くしゃくしゃに歪んだ。

「頼むから、声を出さないでくれよ。ここからが佳境だ」

棹《さお》の全長を挿し込み終えたところで、浩平は一息ついた。亀頭が膣壺の最奥で蠢《うごめ》いている柔らかい子宮に触れている。

「は、はい」

美佐枝は鼻声で言い、ひたすら頷いた。股のど真ん中を串刺しにされて、身動きできずにいるようだ。

浩平は、すぐに抽送《ちゆうそう》せず、美佐枝の淫層の圧迫を楽しんだ。

「孔の中がヒクヒクしているぞ。気持ちいいのか？」

意地悪く聞いた。

「ええ、こんなにぴっちり隙間なく塞がれたのは初めてです。それに、浩平さんのコレ、見た目より長いです。子宮が完全に押し潰されてしまっています」

「まだ、余裕があるんだがな」

浩平は接続している部分を見ながら伝えた。ズボンを穿いたままなので、まだ根元部分が若干残っている。

「いえいえ、それ以上押されたら、まん袋が抜けちゃいそうです」

美佐枝が激しく首を振った。そう言われれば、とことん突きたくなるのが男心というものだ。浩平は、ずずずっと棹を引き上げた。

拳銃の撃鉄を起こす気分だ。

そのまま、尻を跳ね上げ、亀頭を子宮に向かって叩き込んだ。

「んんんっんっはっ」

シリンダーの要領で、棹の白蜜液が脇から溢れ出る。

「あぁあ、やっぱ長すぎます。太くて長い」

　そのとき、カーテンの向こうから、

「有森さーん」

　と同僚女性の声がした。

「はぁ〜い。ここです。お客様、裾が長すぎます」

　美佐枝は尻を揺すりながら、そう答えていた。浩平は思わず吹きこぼしそうになった。このスリル、やめられない。

3

「有森さんは、お客様の応対中みたいですよ」

　試着室のカーテンの向こうで同僚女の声がする。売り場主任にでも伝えているのだろう。

「はーい。ただいま、お客様のおズボンのサイズを確認しているところです」

　バックから男の棹で貫かれているという状態で、美佐枝はどうにか答えている。

「たいした度胸だ」

　その美佐枝の子宮を、亀頭で軽く押しながら、浩平は賞賛した。

「ほかの女子も時々ここでオナニーしていると思うから、多分気を利かせてくれたんだと思う」

美佐枝が自分からゆっくり、膣層を前後させながらそう言った。

驚きだ。

「紳士服売り場では、美佐枝ちゃんだけではなく、ほかの女子も試着室でオナニーをしているのか？」

「平日の午後なんてほんと暇なのよ。それでタイプの男性が、試着した後なんかはもう大変。その残り香をオカズに、ここで擦る子は多いわ。もちろんパンストの上からだけだと思うけど」

にわかには信じられないが、オナニーどころか、がっつり挿入している美佐枝が言うのだから、事実なのかもしれない。

いずれせよ、急がなくてはならない。

「一気に動かすぞ」

「はい。お願いします」

美佐枝が、上着の腕を口に当てた。

声の漏《も》れを抑えたいらしい。

浩平は、突っ込んだままの男根をすっと引き上げた。嵩張《かさば》る鰓《えら》で膣の壁を抉《えぐ》るようにして引き上げた。

「うぅうう」

美佐枝が切なげな声を上げ、眉間に皺《しわ》を寄せる。鏡に映る顔が、またもや皺くちゃになった。

亀頭を膣の浅瀬にまで上げると、そこからハンマーを打ちおろすように、叩き込む。

「はふっ」

美佐枝の総身がブルブルと波打った。

そのまま、スパーン、スパーンとピストンを繰りかえす。

「あっ、くはっ」

こらえきれなくなったのか美佐枝は、右頬を鏡に押し付けた。

得も言われぬ淫顔だ。

浩平は、腰を振り続けながら、美佐枝のバストに両手を這わせた。量感のある双乳を白ブラウスの上から鷲《わし》摑む。

揉みながら、膣の中で肉棹の鰓をさまざまに動かした。

「あっ、昇《い》きそう！」

ついに、美佐枝が大きな昂《たか》ぶりを見せ始めた。左右に揺れていた豊満な身体が、突如ガクン、ガクンと上下しだす。そのたびに、淫層もきゅっと窄《すぼ》まった。

「おぉおっ」

浩平の亀頭も、徐々に尖端が重く感じられるようになってきた。睾丸から昇ってきた精汁が溜まりにたまって、パンパンになり始めているのだ。

そろそろ吐き出したい。

だが、それではもったいない気もした。淫欲とは出して果てれば、すぐに冷めてしまう儚《はかな》いものだ。

ここからの我慢こそが、より大きな快感へと繋がる。

浩平は、美佐枝のブラウスのボタンに手をかけた。一番上から外す。

「えっ、おっぱい出すのはダメです」

美佐枝が、慌てて胸を掻《か》き合わせようとした。浩平は、その瞬間に繋げている肉の摩擦速度を上げてやった。

「うわわわっ」

美佐枝が、膝を折り、狭い試着室の中で、崩れ落ちそうになる。

浩平はバストを抱えて、その身体を支えた。もちろん身体の中心には肉の芯棒を刺したままだ。

「あぅうう、スカートの裾を下げると、おまんちょはすぐに隠せますが、おっぱいは出したら、すぐに隠せません。だから、ブラウスだけは、開いたら困ります」

振り向いた美佐枝の顔は、喜悦と羞恥がないまぜになったような表情だった。

「だからさ、そのやばい雰囲気がいいんじゃん。スケベも命がけでやらなきゃつまらない。ばれたら俺も首が飛ぶ」

そう言いながら浩平は、美佐枝の白ブラウスのボタンを全部外してしまった。

パンティと同色のワインレッドのブラジャーが露見した。

「これ覗かれたら、完全アウトですよ」

美佐枝の顔が歪む。

答えず、そのブラジャーをぐいっと首のほうへ押し上げた。

「嘘でしょっ」

美佐枝の生バストがまろび出る。サクランボ色の乳首がツンと尖っている。浩平は、ハイピッチで肉幹を突き動かした。

「ぅううう」

美佐枝が声を必死でこらえているのがいじらしく思えた。喘ぎ声が、売り場に轟いたらまずい。だが絶叫もさせてみたい。

スケベ心とはそういうものだ。

浩平は、メロンのような双乳を揉みしだきながら、ハイピッチで剛直を出没させた。

「あっ、まずいです。私、本当に声でちゃいます」

美佐枝がいよいよ切羽詰まったのか、試着室の鏡に唇を押し付けた。

吐息に鏡が曇る。

浩平もまた爆《は》ぜそうで苦しくなってきた。マラソンで言えば、三十キロ地点を過ぎた最も忍耐がいるあたりに差し掛かっている。

「ううう」

浩平も呻《うめ》いた。

マラソンではないのでなにも我慢する必要はなく、美佐枝の淫壺に、思いのまま精汁を撒《ま》き散らかせてしまえばいいのだが、耐えれば耐えるほど、淫爆したときの感動は大きい。もう少し堪えたい。

我ながら、せこいと思う。

「あっ、ふはっ、うひょ」

美佐枝の声がどんどん高くなってきた。

もう少しで絶叫しそうな勢いだ。

とそこでカーテンの向こうで、男の声がした。

中国語だった。団体観光客らしい。何となくだが、試着を申し出ているような会話だった。

浩平はピストンを中断した。すかさず美佐枝が声を張る。

「お客様っ、少し長すぎるようでございます。もう少し短めにいたしましょう」

いかにもズボンの裾の調整をしているような声を上げた。だが、その声は浩平にも向けられているようであった。

カーテンを開けようとした中国人男性は、離れていったようだ。

「マジ、もう限界だと思います。浩平さん、ひとまず終わりにしましょう」

美佐枝が尻を引いて、男根を抜こうとした。

「まだ、流していない」

浩平は。かくかくと尻を振り亀頭を奥へと押し戻す。

「あんっ。流しソーメンみたいに言わないでください」

上手いことを言う。

「ソ」を「ザ」に変えれば、その通りだ。

「まんちょの川にドバドバと流したい」

浩平は、ラストスパートをかけた。

ここからは全力疾走だ。

「だめ、だめ、だめです。私、もう声のセーブできないですからっ」

浩平はふと、動きを止めた。

「美佐枝ちゃんが思う、店内で一番スケベな女子社員を教えてくれたら、ここでやめてもいい」

悪魔のように囁《ささや》いてみた。

「そ、それは、下着売り場の……」

思わぬ名前が転げ落ちてきた。

4

「三階の下着売り場の良原由理絵《よしはらゆりえ》が一番スケベだと思います」

「嘘だろう」

浩平はピストンを止めた。美佐枝がもう無理と言っているから止めてやったのではない。その名前に驚いたからだ。

――良原由理絵。

外商部の浩平も、何度か仕事したことがある。

セレブの夫人はわざわざ百貨店にパンティやブラジャーを買いに来たりはしない。

すべて外商部を通じて求めてくるのだ。

浩平の所属する外商部は、そもそも富裕層の御用聞きのような部門だ。お得意様の御要望とあれば何でも引き受ける。

しかし、いかに大得意の夫人の依頼とはいえ、男の自分が色とりどりのパンティやブラジャー、それにスリップなどを持参するのは気が引ける。

それで何度か、下着売り場の良原由理絵に上等な製品を見繕《つくろ》ってもらい、同行を願ったことがあるのだ。

いま、浩平に棹で貫かれている美佐枝と同期のはずだ。

良原由理絵も二十六歳。

「清楚という言葉以外見あたらない人じゃないか」

浩平は思ったままのことを言った。一回挿入をしてしまった女に遠回しな表現はいらない。

「見る目がないんですね」

美佐枝は、鏡に向かって片眉を吊り上げた。棹は孔に入ったままだ。浩平は、くいっくいっと軽く抜き差ししながら再確認した。

「本当に、彼女はスケベなのか？」

「下着売り場の販売員が淫乱そうに振舞ったら、アダルトショップになってしまいますよ。ですからあの売り場では、清楚に見せることが鉄則なんです。だけどそのぶん、反動があって、みんな年がら年中店内のあちこちでオナニーしていますよ」

美佐枝のその言葉に、思わず亀頭がビクンと反応した。

「教えてあげたのですから、もう抜いてくれませんか？　私、仕事に戻らないと」

「いや、いまの話で、よけい、出さなきゃ、気がすまなくなった」

言って、浩平は猛烈に抽送を再開した。

「いやんっ、浩平さんの嘘つきっ」

「すまん。美佐枝ちゃんも、いっちゃいなよ」

ずんちゅ。ぬんちゃ。

浩平は、美佐枝の秘穴を突いた。何度となく限界に近づいたのを、どうにか堪えてきたが、ここからは本当のラストスパートに切り替えた。

焦《じ》らしに焦らした美佐枝の肉層はすでにとろとろに溶けている。熱い葛湯《くずゆ》の中に、淫棒を突っ込んでいる気分だ。

「あっ、声出しちゃいますよ。ほんと出ちゃいますよ」

正面の鏡の中の美佐枝の顔が引き攣れる。思い切り上げた顎の下の首には、筋が数本浮かんでいた。

「出したければ出せばいい。俺は、美佐枝ちゃんとなら大恥をかいてもかまわない」

本気で言った。試着室でのセックスなのだ。バレるか、バレないかは、もとより時の運だと覚悟している。

浩平は猛烈に突いた。

美佐枝の白濁色の蜜が、突くほどに溢れ出てきて、黒パンストの内腿から膝にかけて筋を引いている。

いやらしい眺めだ。

「うっ。はっ。もうダメッ、許してください」

美佐枝の声が、一段と甲高《かんだか》くなった。

「本当に、バレますよ。私が絶頂の声を上げたら、主任が飛んできて、間違いなくこのカーテンを開けますよ」

美佐枝が必死で訴えてきた。無理もない。そうなれば、美佐枝はこの店で働くことはできなくなるのだ。だがそれは、浩平とて同じだ。

売り場の試着室で女子販売員と淫行に及んだ社員が馘首《かくしゅ》されないわけがない。

「そのときはそのときだ」

浩平は全速力で尻を振った。手のひらに包んだ双乳の頂点の乳首がコリコリに硬くなっている。

「あぁあああああっ」

ついに美佐枝が感極まった声を上げた。あたりかまわぬ声だ。

(さすがにこれはアウトか？)

浩平も身構えた。どたばたと人が走り寄ってくる音がする。だが、ここは抜きようがない。最後の抽送をした。

「うっ、おわっ」

膣壺の中にしぶいた。ドバドバと精汁が溢れ出て、流れ込んでいく。

ピーピーピー！

その時、突如火災警報が鳴った。

だからと言って、流れ始めた精汁は止めようがない。

──困った。

まさか射精した瞬間に、火災報知機が鳴るとは思ってもいなかった。

「あぁあああ。どんどん刺激がこみ上げてきます」

美佐枝は、まだ大声を上げていた。

浩平としても、美佐枝の淫壺から一刻も早く男根を引き抜き、身繕いせねばならないのだが、まだ精汁が流れっぱなしなのだから、どうしようもない。

ここまで、焦らしに焦らしたぶん、溜まりまくっているようだ。出しても、出しても、とめどなく噴き上げてくる。

(止まらない)

一度飛び出し始めた精汁は途中で切り上げられないものだとつくづく自覚した。

それでも、出来るだけ早く搾り終えたい。浩平は、射精しながらも、さらに擦りたててみた。

擦るとさらに、ビュンビュンと残汁が飛んでいく。

「あっ、あっ、擦られたら、また波が来ました。あああああああああ」

美佐枝がまたまた背筋をそらせ、絶頂の声を張り上げたが、火災報知機のけたたましい音のおかげで掻き消されている。

不幸中の幸いである。

それにしても射精が止まらない。

だが全部出さないことには、どうにもすっきりしない。

「お客様、落ち着いて非常階段へとお進みください。エレベーター、エスカレーターはすべて停止しております」

女性販売員が声を張り上げていた。

浩平は急いで摩擦した。

(頼む。早く全部出てくれ)

最後の数滴を振り搾る感じだった。

「あぁあああ、昇くぅう、もうだめぇ」

すると美佐枝が、身体も激しく揺さぶりはじめた。

絶頂のさらに向こう側にある極点に飛んだようだ。白目を剝き始めている。

「あうっ、昇くっ」

さらに巨尻が跳ね上がった。

「おいっ、そんなに暴れるなっ」

浩平の背中には、厚手のカーテンが一枚あるだけだ。押されたら、支えがない。

ちんぽを突き出したまま、売り場に弾《はじ》き飛ばされるのは嫌だ。絶対にいやだ。

だが、美佐枝は眼前の鏡に両手を突っ張り、尻を思い切り跳ね上げてきた。

「いくぅううう」

「うわわわあ」

浩平は背後に弾かれた。

「嘘だろっ」

ズボンとトランクスを下ろし、漲る男根を突き出したまま、浩平は試着室から弾き出された。

絶頂の極みで、暴れた美佐枝に飛ばされたのだ。

開いたカーテンの先には鏡に両手を突っ張り尻を震わせている美佐枝の姿が見えた。

ブラウスの隙間から量感たっぷりな乳房が零れ落ち、突き上げたヒップを包む黒いパンストの中心部が破けて、たったいままで浩平が挿入していた秘穴が丸見えになっている。そこから、ぷくっぷくっと白い液が吐き出されていた。

とにかくズボンを引き上げて、周囲を見回した。

人気《ひとけ》はなかった。

まだ火災報知機は鳴り響いたままで、販売員たちは客を誘導して、廊下の奥にある非常階段のほうへ行ってしまっているようだった。

——やはり、俺は運がいい。

女の秘穴を肉棹で擦れば擦るほど、運が上がることがまたまた実証された。

「美佐枝ちゃん。もう支度しないと、俺たちがやばくなるぞ」

火の手はどこにも見えないが、何しろ火災警報が鳴っているのだ。

「あっ、はい。でもまだ私、まんちょの中が疼いて、ちゃんと立てないです」

美佐枝はがに股のまま、膝をカクカクさせている。

何とかしてほしい。

通路のほうからカツカツカツと足音が聞こえてきた。

「おいっ、警備員か消防士が来るぞ」

「でも、あぁ……はい」

美佐枝はなんとかスカートだけは引き下ろしていた。おっぱいはまだ丸出しだ。

「警備室の者です。誰かそこにいますか！」

野太い声がした。

と、いきなりスプリンクラーが作動した。試着室の真上からザーと水が降ってくる。

「いやぁ〜ん」

浩平は、紳士服売り場にあったポロシャツを数枚、タオル代わりに投げ入れた。ずぶ濡れの女性がポロシャツで身体を拭《ぬぐ》っているというポーズだ。

きっと、ごまかせる。

やってきた警備員が敬礼をしながら言った。

「誤作動です。問題ありません」

どうにか、危機を免《まぬが》れた。

第二章　下着売り場

1

かつて二月と八月は、百貨店にとって最大の閑散期と言われたが、ここ数年は外国人団体客によるインバウンド効果で、どうにか持ちこたえられるようになった。

それでも、このところ消費は鈍《にぶ》っている。

春節で大挙して訪れる中国人団体客も、かつての爆買いから温泉体験などに志向が変わりつつあった。

国同士の感情のもつれで、去年から韓国人客は激減したままだ。

また、マナーを知らない外国人客に対する嫌悪もひろがりつつあった。いわゆる観光被害だ。

百貨店やブランドショップの前に大型バスを何台も停められ、キャリーケースをぶら下げてぞろぞろ歩かれるだけで日本橋情緒が損なわれると、対策を呼び掛ける古老たちもいる。

一般的にはあまり知られていないが、日本橋はショッピング街であると同時に、古美術商、骨董品店が多くある街でもある。

そうしたことから、旅行会社も一時ほど、大量に外国人団体客を運んでこなくなった。

ただし、浩平は、日本橋の百貨店は適度に空いている方がその趣《おもむき》があると思っている。激安店や郊外のショッピングモールとは異なる、多少の品格、風格があってしかるべきなのが百貨店である。

二月も店内は空いていたが、外商部の浩平は、それなりに成果を上げていた。三月決算の法人顧客の多くが黒字をだしていたため、期末前の調整受注を、相当数いただけたのだ。ラッキーだった。

これも先週、紳士服売り場で一番スケベと噂されていた有森美佐枝と、営業中の試着室で擦り合った威力ではないかと思う。

スケベな女とやるほど、仕事の成果が出るものだ。

その美佐枝からセックス中に、本店一スケベな女の名前を聞き出した。

『下着売り場の良原由理絵』

美佐枝は確かにそう言ったのだ。

嫉妬の感情は感じられなかった。同じ色の道の求道者として賛美するような言い方だった。

これは、なんとしてでも対戦せねばなるまい。

浩平も由理絵のことは知っていた。

印象としては楚々《そそ》とした女で、とても自分らのように、寝ても覚めてもセックスのことを考えているような女性には思えなかった。

だが、美佐枝は由理絵のことを、

『店内のあちこちで、オナニーして歩いている女』

と言ったのだ。

本当だろうか？

紳士服売り場の女性販売員は、タイプの男が使用した後の試着室でオナニーをしまくっているという。男の残り香を嗅ぎながら、アソコをいじり回すのだそうだ。どれほどあんぽんたんな女たちなんだ。それでは自分たち男と何ら変わらないではないか。

ちなみに、浩平は、休館日に伝票整理で出勤した際に、こっそり女子トイレに忍び込み、憧れの女性課長がそこで放尿していることをイメージして、自分も白い汁を大放出したことがある。

確かに異性の残り香を嗅ぎながらするオナニーはいいものだ。

しかし、下着売り場には試着室がない。あるのは、セレブ用の特別室だけだ。良原由理絵は、どこで、どんなふうにオナニーをするのだろう。

得意先回りを終えた浩平は、久しぶりに女性下着売り場に顔を出した。

女性下着売り場なのに『男性のお客様はこちらに』というプレートが天井からつるされている。

来《きた》るべきホワイトデーへの対応だ。

いつのころからか、バレンタインデーにチョコレートとネクタイなどをもらった男性が、ホワイトデーに下着を送り返す習慣が増えたためだ。

そもそもは、義理チョコをくれたキャバクラ嬢などへの洒落《しゃれ》として行われていた『パンツ返し』だが、なんと今では普通のカップルにまで浸透しているのだ。

世の中、スケベになったものだ。

「良原さんはいますか？」

すぐには見当たらなかったので売り場主任に聞いた。彼女は北急エージェンシーからの出向者だ。

「良原はいま、家具売り場に行っていますよ。お客様に、購入品をそちらに届けるように言われたので」

常連客ならよくあることだ。北急デパートでは、購入品をタクシー乗り場や地下駐車場の『お渡し所』へ直接届けておくサービスも行っているが、顔なじみの顧客には、店内どこへでも、届けに行くことにしている。

「わかりました。探してみます」

浩平は会釈して、二階上にある家具売り場へと急いだ。

ちょうど由理絵が、太めの中年女性に紙袋を渡しているところだった。リクライニングチェアが並ぶ売り場だった。

浩平は大型タンスの裏側に身を隠し、彼女の様子を窺った。

由理絵は瓜実顔《うりざね》の和風美人である。いまは黒髪を後頭部でひっつめにしている。その彼女が、すぐに自分の持ち場である下着売り場には戻ろうとせず、テーブルコーナーへと向かい始めた。いくつものテーブルの前に進み、じっと品定めをしている。

——まるで、自分が家具選びをしているようだ。

ダイニングテーブルの並ぶスペースを歩きながら、ひとつひとつのテーブルの角を丹念に撫でている。

平日の午後とあって、家具売り場には客の気配がなかった。当然、担当販売員も別の場所に回っていた。すぐ隣の時計売り場で、同僚とおしゃべりをしているようだ。こちらも平日の客数は少ない売り場だが、それでも家具売り場よりも来客数は多い。

由理絵が、通路から見て一番奥のテーブルの前で立ち止まった。あたりを見渡している。まるで万引きでもするような目だ。

浩平は凝視した。

由理絵はテーブルの角に立った。浩平の方に、背を向けていた。由理絵の尻がピクっと動いた。

そのまま、眺めていると由理絵はサイドポケットから手帳を出し、目の前のテーブルの上に置いた。自分の顧客に依頼され、品番でも控えるのだろうか。胸ポケットからボールペンも抜きだしている。

「えっ？」

次の瞬間、浩平は眼を見張った。

由理絵が上半身を、ぐぐっと前に倒したのだ。股間をテーブルに挟んだままだ。遠目には、テーブルに伏してメモを取っている店員に見える。

だが、これは明らかに「角オナニー」だ。

女性の多い職場では、ふとした弾みに、女性がデスクや椅子の背もたれに股を挟んでいる姿を目撃してしまうことがある。

ほとんどが一瞬のことなので、偶然なのか故意なのか、男には判別がつかないことが多い。

しかし、五メートルほど先にいる由理絵の角オナニーは絶対に確信犯だ。

テーブルに伏して、何かメモを書くふりをしながら、小刻みにヒップを揺すっているのだ。制服のタイトミニにヒップが張り付いて、パン筋が浮かんでいた。

かなり幅の狭いパンティを穿いていることが如実にわかる。

――万引きじゃなくて、まん押しだった。

浩平は思わず胸底で唸った。やはり美佐枝の密告は正しかったのだ。良原由理絵は「店内のあちこちでオナニーをする女」だったのだ。

それにしても浩平には、自分の視線の先で行われている行為が信じられなかった。

家具売り場のテーブルに股を押し付けた由理絵がクイッ、クイッと尻を振りたてはじめたのだ。

縦の動きが中心だが、時折、横にも振る。もちろん浩平が覗いていることなど知る由《よし》もないという感じだ。

逆に覗いている浩平のほうが、客が来たり家具売り場の販売員が戻って来たりしたら、いったいどうするつもりなのか、心配になった。

「あぁ」

おいおい。微かに、由理絵の喘ぎ声が聞こえてくるではないか。

覗いている浩平の淫気にもスイッチが入った。スーツパンツの股間が痛いほど硬直してしまった。

なるほど由理絵は、とっさに誰かが来てもいいように、机に手帳を置いて、何かを書き取っている風を装っているのだ。

ボールペンを動かしながら、なおかつもぞもぞとヒップを揺すっている。制服のタイトミニの裾が引き攣れて、せり上がっていた。

浩平は、クローゼットの背後で、しゃがみ込んだ。スケベの本能だ。視線をグッと下げてローアングルで覗く。

――おぉおお。

パンストの奥が見えた。

北急百貨店では、制服着用時のパンストの色は黒かナチュラルカラーと決められている。由理絵はナチュラルカラーだった。

そのパンストに包まれた巨尻の谷底まで見えた。

内側にもやっと見えるパンティは白だが、その股布の部分が、ビシッとテーブルの角に押し込まれているではないか。クリトリス潰しだ。

浩平の位置からは、五メートルほど離れているが、由理絵の股間部分からは、女の甘い発情臭が漂ってきている。

浩平はいやがおうにも、興奮させられた。

「あんっ、ふはっ」

由理絵の股を擦るピッチが速くなった。時折、尻をブルンブルンと震わせている。

浩平の位置からでは、顔が見えないのが残念だ。

おそらく、眉間には皺が寄り、顔はくしゃくしゃになっているはずだ。

「うはっ」

瞬間、一際高い声が上がった。同時に由理絵の右足が床から離れ、ピンと脛《すね》を張ったのだ。

——わわわわっ。

そんなに押したら、クリトリスがパンクしちゃわないか？　クリパン。

2

不思議なもので、これだけ凄艶《せいえん》な角オナニーを見せつけられると、この光景を、ほかの誰にも見て欲しくないという、妙な独占欲もわいてくる。

浩平は、売り場全体にも目を配った。

幸い、人気はなかった。

百貨店マンとしては憂慮すべき閑散さだが、ひとりエッチをする女を覗き見るということにおいては、最高の環境であった。

誰かが来たら、俺がヘルプに出てやる。

そうした気持ちになって浩平は、改めて、由理絵に視線を戻した。

わちゃ〜。

スカートの裾がもはや、尻のカーブのぎりぎりまでせり上がっていた。ナチュラルカラーのパンストのセンターシームが妙に生々しい。

しゃがみ込んだ体勢から覗いている浩平には、女の三角地帯がはっきり見えた。

「はううう」

由理絵がいきなり背筋を張った。

股間はさらに深くテーブルの角に押し付けられ、ビリッとパンストの中央部が破れる音がして、同時に由理絵の上半身がガクリとテーブルの上に倒れた。

——一回、昇《い》ったか？

両手を広げ、テーブルを抱くようにしてうつ伏せている由理絵の横顔が見えた。浩平は、慌ててクローゼットの裏に身を引いた。

少し間を置き、顔の半分だけを出して、おずおずと覗きを再開した。

由理絵は、テーブルに紅潮した頬を押し付けて、うっとりした表情を見せていた。

幸い眼は閉じている。

浩平は立ち上がり、由理絵の様子を俯瞰《ふかん》してみた。

高級ダイニングテーブルの角に女の最も柔らかい部分を押し付けたまま、由理絵はまだ小刻みに身体を震わせていた。余韻を楽しんでいるのだ。

テーブルとやっちまった女を初めて見た。

同僚同士の不倫現場に遭遇した以上の衝撃である。

と、由理絵は、今度は、両足を浮かせた。およよよ。

これは、クリトリスという豆粒で、全身を支えちゃっているってことだ。

「あぁあああぁあ」

由理絵がテーブルを抱いて喘いだ。両足をバタバタと動かしている。

——宇宙遊泳すか？

「あぅうううう」

左右の足が、ピーンと伸びた背筋が反り、頭をもたげる。

——うわわ、名古屋城の金の鯱《しゃちほこ》状態だ。

覗いている浩平も思わず、ファスナーの上から剛直を握りしめる。

「おぉおおっ」

胸底で呻いた。

目の前の由理絵のオナニーと同期した思いだ。

厳密にいえば、浩平が「自慰」で由理絵は「他慰」だ。

由理絵は、騎乗位セックスでラススパートをかける女のように、全速力で尻を振り始めた。

彼女は何かを挿し込んでいるわけではない。

擦っているのだ。その動きはフルスピードだ。

浩平としても、早く昇天してほしいと願わずにいられない。最後を見届けるまでは、ここを離れようがないし、絶対誰も来てほしくない。

由理絵の尻の動きが、前後左右、斜めとめちゃくちゃになった。

早く昇ってしまえっ。

そう念じているまさにその時だった。

「すみませーん。係の人いますか？　ここにあるソファのこと聞きたいんですけど」

突然客の声がした。

十メートルぐらい先の応接セットコーナーのほうからだ。由理絵の身体が、ビクンと大きく揺れて、その後すぐに止まった。

──昇ったか？　寸止めか？

そこを知りたい。

「はーい、ただいま」

時計売り場の会計カウンターのほうから、家具売り場の販売員が小走りにやってくるのが見えた。

由理絵は、あっという間に、身体を起こしてストンと両足を床につけた。

そのまま何事もなかったように、クローゼットのほうへ歩いてきた。浩平は、はっとして立ち上がった。

期せずして、由理絵と鉢合わせになってしまった。

「外商部の青山さんじゃないですか。こんにちは」

由理絵が、片笑みを浮かべて、会釈した。スカートの中心が三角形に窪んでいる。

「やあ、久しぶり」

浩平は、片手をあげて、答えた。

そのとたん、由理絵の視線がぐっと下へ向いた。

3

「外商部で家具の取り扱いですか？」

由理絵が、じっと浩平の股間を見つめながら、そう言った。

浩平のパンパンに硬直した肉茎は、ズボンの上からでも、はっきりその全貌がわかるほどに浮かび上がっていたが、いまさら手で隠す方が間抜けだ。

どうせなら、こちらの淫気を堂々と示してやる。やる気満々の意思表示だ。

ちなみに、浩平の肉茎は臍《へそ》に向かって右曲がりである。

「いやそうじゃなくて、良原を探していたんだ。高級下着の依頼があってね」

浩平も、由理絵の股間に視線を落とした。

由理絵のタイトスカートの前が、三角に窪み、左右の太腿が浮き上がっている。誰の目にも、たったいままで股間に何かを押し付けていたのは明白だ。

視姦《しかん》には視姦だ。

「あっ」

由理絵が、耳たぶまで真っ赤に染めながら腰を折り、スカートの裾を引いた。

窪みがあっさり消える。

「私を探していた？」

聞き直してきたものの、由理絵の視線は、浩平のズボンの中央にくぎ付けのままだった。

「そうなんだ。例の社長夫人から、また下着の注文を受けてね。この前みたいに良原に、適当にセレクトしてもらおうと思ってさ。下着売り場に行ったら、ここだっていうから、追いかけてきた」

「そうですか。わざわざすみません」

由理絵はようやく顔を上げた。

日頃と変わらない楚々とした表情であるが、視線を合わせようとはしなかった。

どうやら浩平の勃起の理由が自分にあると気づいたようだ。それでも『私のオナニーを見ていたんですね』とは言わなかった。

浩平としても知らないふりを通したい。こういうことは、漠然とした了解事項とするのが一番いい。

『男根が硬い男は、口も堅い』

そう思わせたい。

「下着売り場で、打ち合わせようか？」

浩平はエレベーターを指さした。

「はい」

由理絵が、伏し目がちに頷いた。どちらも桃色の靄《もや》が掛かったままだ。

ふたりでエレベーターに乗りこんだ。

他に客はいない。扉の前に由理絵が立ち、浩平はその真後ろに立った。魂胆があった。

誰もいないエレベーター内で、さりげなく由理絵の右の尻山に硬直した股間を押し付けてみた。

「あっ」

目の前の背中がピンと張り、ヒップが揺すられた。

弾力のある右の尻山に、亀頭部分がズリズリと擦られる。やたら気持ちいい。

これは故意だ。

由理絵は、驚いて尻を振って逃げようとしているのではない。剛直の感触を確認しようと押し返してきているのだ。

――ってことは、まだ昇っていない？

浩平は勝負に出ることにした。

「パンスト、破れたんじゃないか？」

耳元でそう囁いてみた。

由理絵の尻の動きがピタリと止まった。

「変なこと言わないでください」

由理絵は扉を向いたまま、首を振った。

だが、背後から密着する浩平を拒否はしなかった。それどころか、浩平の逸物が硬直しているのを察していながら、まだ軽く尻を押し返してきている。由理絵としては、懸命に理性を働かせようとしているが、それよりもエロい本能が勝ってしまっているようだ。

——押せる！

浩平はそう踏んだ。ビジネスも口説《くど》きも、タイミングを外したら絶対に成功しない。

そしてここだと思ったときは、賭けに出るしかない。

剛直を右の尻山から、中央の割れ目に移動させた。縦長に膨張している肉胴が尻溝にピタリと嵌った。バックから垂直に挿し込んだことはあるが、尻溝に平行に嵌めてみたのは初めてだ。妙なたとえだが、肉胴がホットドッグのソーセージになった感じだ。

へんてこりんな接触方法だが、棹の微熱が尻の割れ目に伝わっているはずだ。

由理絵が上擦った声で聞いてきた。

「社長夫人の下着は何点ほど選べばいいのですか」

語尾は完全に震えていた。

「上下十セットとキャミソールが五点ほど欲しいそうだ。膝下ワンピース用とミニスカート用だそうだ」

尻山の窪みにはまり込んだ肉棹を上下させながら言う。睾丸が尻山のカーブの底にむにゅっ、と入り込む。

「わっ、わかりました……。夫人のスリーサイズは控えてありますから、ブラとショーツは大丈夫です。キャミソールのほうは、婦人服売り場で購入記録を確認して、丈《たけ》のあったものを用意します」

由理絵は、掠《かす》れた声で答えた。顧客の重要度と好みを知り尽くしているようだ。

エレベーターの扉が開く。

六階。下着売り場のあるフロアだ。

由理絵が前を行く形で、通路を歩いた。左右に婦人服のブランド店が並んでいる。

下着売り場は、一番奥だ。

浩平の視線は、どうしても由理絵のヒップに張り付いていた。

裾は膝頭の少し上まで戻されているものの、浩平の網膜には、先ほど見たパンストの奥が、まだ焼き付いているのだ。いまこうして後方から眺めていても、時折パンティの筋が浮かぶのが見える。

と、その時、前方から、かなり大柄な女性販売員が、紙袋をかかえて、猛烈な勢いで駆けてきた。大仏が走ってくるような印象だ。

「お客様ぁ。お品物をお忘れです」

支払いだけ済ませて、帰ってしまった客を追っているようだ。これも百貨店では、よくあることだ。

由理絵と浩平は道をあけた。

「わっ」

よけたつもりが、大柄な女性販売員の肩が、がつんと由理絵の胸の上あたりにぶつかった。

「いやんっ」

由理絵が、よろけて、通路の端で、M字開脚になってしまった。

パンストの中央に小さな破れ目があった。

「あっ、やっぱり開いているじゃんっ」

と思わず浩平は声を上げた。

由理絵を弾き飛ばした大柄な女店員は振り返りざま、ごめん、ごめんと顔の前で手を合わせているが、購入した品物を忘れた顧客を追いかけねばならぬため、足早に去っていった。

「み、見ないでください」

由理絵が顔を真っ赤にしながら、懸命に両膝をくっつけて立ち上がろうとしているが、尻もちをついているため、どうあっても股間は丸見えだった。

「あれれ」

破れたパンストの穴からホワイトシルクのパンティクロッチが覗けて見えた。浩平は思わず目を凝らした。

その部分も窪んでいることに気づくまで、二秒ほどかかった。しかもわずかに染みを浮かべている。浩平は見とれた。

「あの、ちょっと手を貸してください」

由理絵が自力では立ち上がれないと、手を差し出してきた。

「おぉ、すまん。見とれてしまった」

手を取り起こしてやる。

「ありがとうございます」

「やっぱりパンストが破れていたじゃないか」

「バレましたね」

由理絵が、照れ笑いを浮かべた。並んで歩いた。

「店内一清純な女性と思い込んでいたので、驚きだ」

「自分で清純だというつもりはありませんが、だからといって男にだらしないわけではありません。北急一の女たらしに、とやかく言われる筋合いはありません」

由理絵がきりりとした顔で横を向き、浩平を睨んだ。

「どんな女でもオナニーはやりますよ。やらない女のほうが変です」

「いや、だからといって家具売り場で角オナニーはしないだろう」

「今日は、ちょっと事情があったんです。実は……」

由理絵が、もぞもぞと尻を振った。

下着売り場の前に到着してしまったが、浩平は由理絵の腕を取って聞いた。どうしても聞きたい。

「事情ってなんだよ？」

「実は、今日はメーカーから依頼されたパンティとパンストを試着しているんですけど、どうもこれがワンサイズ小さかったようなんです」

盛んに唇を舐めながら言っている。

「それってどういうことだ？」

浩平は片眉を吊り上げた。

「どういうことって聞かれても……ようするに食い込むんですよ。意地の悪い質問しないでください」

「はい？」

咄嗟《とっさ》には、意味が解らない。

由理絵が売り場に進んだ。三歩ほど進んだところで、浩平はようやく合点がいった。

「そっか。マメが押されちゃって、モヤモヤしちゃうんだ」

思わず手を叩いた。

「こんなところで、マメとか言わないでください！」

由理絵が頬を膨らませ、さらに口を尖らせた。

「クリって言うよりはよくないか」

「だからっ、やめてください」

由理絵が下着売り場に飛び込んだ。

同僚たちから「お帰り」と声がかかる。

オナニーの話は一時中断だ。

売り場主任の大河内敏子《おおこうちとしこ》がノートパソコンに向かっている。月末なので締めの計算をしているようだ。

「外商部の青山です。うちの大顧客、丸産《まるさん》自動車の山崎《やまざき》社長の夫人から、またランジエリーを見繕ってくれと依頼されまして。ちょっと良原さんをお借りしていいですか？」

オーダーは本当だ。

「まぁ、助かるわ。下着売り場は期末の特需とは無縁で、今月は、苦しいのよ」

「夫人は、前回も良原さんのセレクトに大満足していて、今回もぜひにと」

「良原さん、山崎夫人に気に入られるのをしっかり選んで差し上げて」

入社以来二十三年間、下着一筋の大河内敏子が、眼を輝かせた。ギラギラしている。

「わかりました」

由理絵が、売り場の隅の棚からカタログとタブレットを持って出てきた。

「特別応接室を使っていいわよ。午後は、予約がないから。そっちでゆっくり選びなさいよ。基本は男性は立ち入り禁止の部屋だけど、大口受注を取ってきてくれる外商部の青山さんだから、私が許可します」

敏子が、売り場の隅のそこだけやけに重厚な作りの扉を指さした。

「では、あちらで」

由理絵が先導した。歩き方がぎこちない。やっぱり食い込みすぎなのだろう。

4

「こんな豪華な応接室があるとは、社員なのに全く気づかなかった」

下着売り場の特別応接室に入るなり、浩平は感嘆の声を上げた。

そこはまるで英国貴族の書斎のようなインテリアだ。暖炉や巨大な置時計が、重厚感を醸し出している。

中央にビクトリア調の応接セットが据えられていた。

「ここは、お馴染みのお客様だけをお通しするんです。店頭で下着を広げて勧めるのが憚《はばか》れるようなお客様たちですね」

「なるほど、このローテーブルの上に並べて見せるのか？」

浩平はソファに腰を下ろした。

由理絵は、目の前のソファには座らず、壁際に置かれていた椅子を運んできて、浩平の斜め前に置いた。

接客対応だ。

位置的に、浩平の視線の先に、由理絵の膝頭が置かれた。ふとした拍子に奥が覗けてしまいそうだ。否が応でも、浩平の股間も熱くなる。

「うっ」

椅子に掛けるなり、由理絵が顔を顰めた。苦痛半分、喜悦半分の表情だ。パンティとパンストが食い込み過ぎているからだ。

「割れ目のあたりが、くちゅっ、と鳴ったぞ。マメが潰れたか？」

浩平はからかうように言った。そんな音、聞えるはずがない。

「卑猥なことを言うのは、やめてください。人事部に告発しますよ」

由理絵の声が尖った。

「すまん、すまん」

ここは謝るしかなかった。女性中心の職場だけあって、北急百貨店のセクハラに対するコンプライアンスは、ことのほか厳しい。

「山崎夫人には、このシルクの三点セットが第一のお勧めです」

由理絵がタブレットの画像を差し出してきた。

ホワイトシルクのブラジャー、パンティ、キャミソールの三点が写っている。画像からでもその高級な質感が伝わってくる。

「キミが勧めるなら、間違いはないだろう。男の俺には下着のトレンドなどわからない。生地見本はあるかな？　実物を持参する前に知っておきたい」

女性用の下着という特殊商品なので、顧客の目の前で、男の自分が触れるのは、憚られる。事前に触感を確認しておくのが、セオリーだ。

その必要性は、由理絵も理解できているはずだ。

「うーん。困ったわ。この生地の現品は、いま私が穿いているのしかないのよ」

なんてこった。

「パンティじゃなくてもいいさ。ブラジャーも同じ生地だろう。カップの縁とかちょっとだけ触らせてくれたらいい。いや俺、エロい気持ちないから。山崎夫人に事前に商品説明のメールを打つためだから」

勃起しているくせに、エロい気持ちはないと、自分でもよく言ったものだ。

ないわけがない。ありありだ。

ふたりきりの特別応接室なのだから、なんとか口説くきっかけが欲しい。短時間でエロモードに持っていくには、やはりボディタッチが一番だ。

「青山さんに、ここで生下着を見せるんですか？」

由理絵の眦《まなじり》が吊り上がった。

「見せなくてもいいよ。ブラウスのボタンを二個開いてくれたら、俺が目を瞑《つぶ》って、指を挿し込む。カップの縁を撫でるだけさ」

口はチョコレート。心は冷蔵庫。それが営業マンのあるべき姿だ。

「そんなこと言って、指が届いたとたんに目を開くんでしょう」

由理絵は疑り深い。やはり北急百貨店でもっともスケベな女というのは、単なる噂に過ぎなかったのではないか？

「だったら、背中を向けて、後ろ手で触るよ。というかさ……」

浩平は真剣な眼差しを向けた。毎日鏡を見ながら訓練している『真剣な顔』だ。

「えー、見ないからって、おっぱいのあちこち触りまくるんでしょう」

由理絵がなかなか首を縦に振らない。読まれている。

「……良原さ。これには大きな取引が絡んでいるんだ。単に、奥さまの下着の受注だけの案件じゃない」

これは本当のことだ。ただ、奥さまの下着からそこにたどり着けるかは、微妙なところだ。

「どういうことですか？」

由理絵が身体を曲げて聞いてくる。

一瞬話に引き込まれたようで、無防備の膝頭が開いた。スカートの奥がはっきり覗けた。パンストの破れ目がさらに大きくなっている。

浩平は、勃起したまま本当にビジネスの話をした。

「丸産自動車の工場の作業服が間もなく変更になる。俺はその扱いを何とかもぎ取れないかと思っている。三工場で二万人分の作業服だ。それもひとり一着じゃない。二着だよ。四万着のオーダーを取れるんだ」

五年前に、松菱百貨店に先を越された苦い経験がある。

「それは、受注できたら凄いですね」

いきなり、由理絵が、ブラウスのボタンに手をかけた。こと受注となると、熱くなるのは百貨店従業員の習性だった。

「青山さん。背中を向けてください」

「もちろんだよ」

浩平はソファの上で横向きになり、右手をうしろに回した。同時に由理絵がボタンを外す音がする。

わくわくしてきた。

「人差し指だけですよ」

由理絵が浩平の右手をブラウスの中へと導いていく。人差し指の尖端にブラカップが当たった。バストトップのやや上のあたりだ。

「おっ、想像以上につるつるしているんだな」

「ええ。高級感があると思います。山崎夫人もきっと気に入るかと」

「たぶん、これは気に入る」

浩平は、ツンと押してみた。由理絵の乳房は弾力があった。

すぐにでも振り返りこの目でそのサイズや形を知りたいところだが、ここで焦るのは禁物だ。

じっくりその気にさせたい。

「一か所だけじゃなくて、ほかのところにも移動させてくれないか。おっぱい全体がどう包まれているのか知りたい。もちろん乳首は避けてくれていいよ」

いかにも業務上ブラジャーの素材を確認しているという口調で言った。

ただし、おっぱいとか、乳首とか、あえて生々しい単語を、ところどころにはめ込んでいる。

その言葉に由理絵がどう反応しているのかが、浩平の指を握る感触から伝わってきた。

おっぱいと言ったとたんに、ぎゅっと握られたのだ。

「私、小さいですから。全体像の参考になるかどうか。山崎夫人は大きいですからね。上下はこんなですかね」

言いながら、由理絵は浩平の指先を乳房の上で滑らせた。

上から下へ、ぶっきらぼうな下降のさせ方だ。

「あの、乳山の稜線を五周してみてくれないかな。ワイヤーの内側あたり」

具体的に指示した。努めて冷静に言ったつもりだ。心の中では、すでに鬼が走り回っている。

「こうですか」

由理絵に握られた人差し指が、アンダーから時計回りに旋回した。

六時の位置から始まって十二時に接近すると、一瞬、生肌に触れた。

微熱を感じる。

「そこから、順に渦巻状に内側に接近してくれ。乳暈《にゅううん》寸前でストップだ」

「えっ、それってエロくないですか？」

由理絵が、掠れた声を上げた。

「あのな、俺は見ていないんだぞ。しかも指はあくまでも良原が握っているんだから、何がエロいんだよ」

「そんなことしたら、乳首が疼いちゃいますよ」

「それはそっちの勝手だろう。俺は良原の乳首を疼かせたいわけじゃない。ブラカップの素材の感触を確認したいと言っただけだ。乳暈や乳首のポイントには触れない約束だし」

浩平は、言い返した。

「それはそうですけど。外側から内側に渦巻状に動かすって、ちょっと」

由理絵が甘い息をついた。桃色の息が浩平の首筋に吹き寄せくる。

「ブラカップの上をくるくると回すだけさ。さぁ、やってみて」

浩平は指を軽く動かした。強くではない。超ソフトタッチだ。

「ううん」

由理絵が小さく声を漏らした。喘ぎ声に近い。

「さぁ。俺が動かすのはルール違反だ。良原の意思で頼む」

「そんな、んんん」

口では拒みつつも、由理絵は浩平の人差し指を誘導し始めた。ブラジャーの上からとはいえ、指がじわじわと頂《いただき》に向かって進んでいるのだ。浩平の胸はざわついた。

「あんっ」

由理絵の手がビクンと震えた。

バストトップの寸前で止まっているようだが、すでに乳暈には達してしまっているようだ。由理絵としても、ついうっかりしたらしい。

「ここが、ぎりぎりのラインです」

「そうなんだ。じゃあ、そこから、外側に戻して、また上ってきてくれないか」

「えっ」

「一回じゃわからないよ。十回ぐらい繰りかえしてくれないと」

「それって、なんか違うような気が」

「良原、おまえ何考えているんだよ。勝手にへんなこと妄想してるんじゃないのか？」

「そんなことないですっ」

由理絵はムキになって、ブラカップの上で、浩平の指を渦巻状に、行きつ戻りつさせた。

「ぁあぁん。はふん」

五回目ぐらいで、後ろでもぞもぞと腰を揺する音が聞こえる。

「お尻を動かしたら、下着がよけい割れ目に食い込んじゃうんじゃないのかよ」

あっけらかんと言ってやる。

「いやんっ、こんなに乳首の周りばっかり触られたら、私、おかしくなっちゃう」

由理絵の体温が一気に上がった気配がした。

「どーれ？」

浩平は、いきなりバストのトップを押してみた。ちょ～ん。

「うわぁあああ」

由理絵が絶叫した。

焦らしたぶんだけ一突きされただけで、快感が極まったようだ。

浩平は茶目っ気を出して、乳首のあたりをもう一突きした。ちょ～ん。

「あぁあああっ」

ブラカップの上からでも、コリコリとした突起の存在がはっきりわかった。

ええいっ。

そのまま、乳豆をぐぃーんと深く押し込む。カップに指が沈み込んだ
「うわっ。まいったっ」

由理絵がのけぞる気配がした。つづいて床が微かに振動した。椅子からずり落ちたようだ。浩平は、あわてて振り返った。

「いやんっ」

由理絵が、応接室の床に尻もちをついていた。悲鳴を上げまいと、両手を口に当てている。けなげだ。

「大丈夫か」

両腿は、大きく拡げられ、パンストの奥の奥まで見えた。股間の破れ目は、五百円玉ほどに拡大しており、ブラウスのボタンはふたつどころか、すべて開いており、ブラジャーが露わになっていた。

まるでレイプされた女の風情だ。

「青山さんったら」

あられもない恰好の由理絵が嫣然《えんぜん》と微笑み、浩平の股間を指さした。

スーツパンツがちょこっと濡れていた。先走り液だ。

「面目ない。仕事と言っても、そりゃ、良原のおっぱいを触っていたら、漏らしてしまう」

知られた限りは、正直に告白するべきだ。

「青山さん、扉の鍵《かぎ》閉めてください」

蕩けた瞳の由理絵が、そう言った。

「怪しまれないか？」

「誰もが、まさかと思います。普通ここでやるとは思えません」

「だよなぁ」

と言いながら、浩平はすぐに応接室の鍵を、カチリと閉めた。

「そもそも、サイズの合わないパンストとパンティを穿いていたから、変な気持ちになってしまったんだわ」

由理絵は三人掛けソファに移動し、両足を大きく上げて、パンストを脱ぎ始めていた。浩平はすぐにその横に座り、パンストを脱ぎ終えたタイミングを見計らって、唇を重ねた。

「青山さん、ずるいです。確信犯です。んんんっ」

抵抗はなかった。

浩平は、胸底でガッツポーズを決めながら、由理絵の唾液を啜《すす》り、舌を絡ませた。

どんなに努力する人よりも、どれだけ技術のある人よりも、好きで働いている人には勝てない。

——俺は女と仕事が、とことん好きなんだ。

「んんんっ」

由理絵を応接室のソファに押し倒し、唇を重ねたまま、ブラジャーの中から、円《まる》いふたつの乳山を取り出した。

小ぶりだが、形はいい。おわん型だった。

左右の乳首が、それぞれ違う表情を見せている。

ブラカップの上から、焦らすように指を這わせていた右乳の尖端は、怒ったように突き出ていた。早く触って欲しいと、震えているようにも見える。

まったく触れていない左乳のほうの乳首は、どこか恥ずかしそうに、首を沈めているように見えた。だが、本当に疼いているのはこちらのほうだろう。

「あぁあああ」

浩平は舌を絡めながら、右の乳首を摘まみ上げた。

由理絵がエビ反りになった。胸を押し上げてくる。尖り切った乳首をまた摘まんでやる。

「んんんんんっ」

由理絵は身体全体をピーンと張った。

「舐めてやる」

耳もとで一言囁き、浩平は顔を右の乳に埋めた。

「あぁん」

硬直した乳首をいきなり吸った。ブラの上からさんざん指腹で焦らしたので、もはやそれ以上の愛撫を必要なかった。

唇を吸盤のように窄め、あずき色の乳首を、口中に引っ張り込んだ。べろべろ舐めた。舐めるとさらに乳首は硬くなった。

「いいっ。私、貧乳だけど乳首は凄く敏感なのよ」

由理絵に頭髪を掻き回された。

「それは、俺の好みだ」

事実だ。浩平は乳首が敏感な女が好きだった。

そういう女は、総じて反応がいい。

「徹底的に舐めしゃぶってやる」

右乳の下山を支えながら、乳首を猛烈に吸い取り、伸び切ったてっぺんを、べろべろと舐めた。

「あぁあああ、イキそう。乳首でいっちゃうなんて恥ずかしいわ」

顔をくしゃくしゃにした由理絵が焦った声を上げた。

腰をもじもじと振って、快感の渦から一回逃れようとしている。

「こっちが寂しそうだね」

浩平は、やおら左の乳首を摘まみ上げてやった。

不意打ちだ。欲求不満が溜まっていた左乳首がにわかに硬直した。

「いくぅぅうう」

由理絵が、胸を大きくせり上げた。

浩平は、続いて左乳首にしゃぶりついた。

そろそろと由理絵の右手が浩平の股間に伸びてきた。ズボン越しに親指の腹で亀頭を擦られる。亀頭がどこにあるのか、ズボンの上からでも判然としているから、ちょっと恥ずかしい。

「私も、パンティ脱いじゃっているんだから、青山さんも出して」

さんざん舐めしゃぶられて、乳首をピンピンに尖らせた由理絵が、酔ったような目で懇願してきた。

「そうだな。もうきつくてどうしようもないし」

浩平はベルトを外し、ファスナーも下げて、ズボンを膝まで下ろした。

この応接室の扉の向こう側は、女性下着売り場だ。さすがに緊張する。だが、その一方で、男子禁制の部屋でズボンを下ろすという状況にたまらない興奮も覚える。

勃起が飛び出た。

「凄く大きい」

「正直、これほど大きくなったのは、十年ぶりぐらいだ」

本当だった。家具売り場で、由理絵の淫らな姿を垣間見た時から、ずっと興奮しっぱなしだったのだ。もはやはち切れそうな勢いだ。

「舐めたい」

由理絵が目を細めた。

「いや、その前に俺が由理絵の、くにゃくにゃしたアソコを舐めたい」

下の名前で呼んでみた。

「さっきから私ばかり舐められているわ」

由理絵が照れ臭そうに笑った。

「じゃあ、シックスナインだ」

「初めての男とすることじゃないわね」

「男女が一番わかりあえるのは、舐め合いだと思う。口で語り合うよりもお互いがわかる」

浩平の持論だった。

「そんなこと言われたの、初めてだわ」

由理絵が黒めがちな目を丸くした。

「やってみればわかる」

浩平は由理絵の身体をソファから下ろした。床には毛の長い絨毯《じゆうたん》が敷かれている。そこに由理絵の身体を横たわらせ、自分も寝転んで、シックスナインの態勢になった。スカートを穿いたままの由理絵の両脚を、左右に押し開く。すぐに牝《めす》のフェロモンが漂ってきた。

視線の先にずぶ濡れの女の花が見えた。その上の繊毛は小判型だ。

「そんなに見つめないで」

照れ隠しのように、由理絵はいきなり浩平の肉頭に舌を這わせてきた。

じゅる、じゅる、じゅるっ、と由理絵に、亀頭の裏側を舐められた。

「んがっ」

極上の快感が身体中に広がっていく。反撃せねば、淫爆してしまいそうだ。浩平も負けじと、由理絵の秘部に這わせた舌を上下左右に動かした。

シックスナインを男女の対決として位置付けてしまうのは、男の悪い癖だろうか？

浩平は、どうしても、自分より先に女が昇天してくれないと、男の沽券《こけん》にかかわるような気がしてしょうがなかった。

訳知り顔の女性コラムニストがよく「男の人が懸命に昇天させようとするのは、滑稽です。オーラルセックスは相手の気持ちを大切に」などと言っているが、小賢《こざか》しい意見である。

男には元来、女を屈服させたいという闘争本能がある。

本気で「まいった」と言わせることが、射精以上の悦びでもある。

浩平は、その征服欲に駆りたてられ、歯を食いしばり、猛烈な速度で舌を回転させた。

滑稽だと笑うなら笑え。

女の秘部を見たくて、舐めたくて、そして乱れるさまを見たくて俺は生きている。

由理絵の陰毛が唇に付着してもかまわず舐めつづけた。花びらはもう、くにゃくにゃだ。

舌を表皮に包まれた紅《べに》真珠へと向ける。

「んんっ、もうだめっ」

由理絵に太腿で両頬を締め付けられる。

昇天するか？

だが、由理絵もまた舌と手で対抗してきた。

亀頭冠の裏側を執拗に舐めまわし、同時に肉胴に細い指を回し、上下に擦りたててくる。

「うぉおおおっ」

肉の尖端がブルブルと震え始めた。精子がどんどんたまり始めているのだ。

舌先でその微妙な変化に気づいた由理絵が、次の瞬間、睾丸を握り締めた。ポンプのように押す。

「わぁああっ」

浩平は、ぬるぬるの女の花園に向かって叫んだ。

噴きこぼしてしまいそうだ。だが、一回漏らしたら、回復まで十分はかかる。この流れを止めては、それで終了ということにもつながりはしないだろうか？

――まだ挿《い》れていない。

ここで終了は絶対に回避しなければならない。

最後の力を振り絞り、震える指でクリトリスの皮を剝き、紅い尖りをベロ舐めしてやった。

「いやぁああああっ」

由理絵の身体が跳ね上がった。

「それは卑怯ですっ」

由理絵が、しゃぶっていた亀頭から唇を離し、思い切り腰を引いた。

シックスナインの最中に浩平が、包皮から剝きだした紅い肉芽をベロ舐めしたからだ。由理絵は、背中を反らせたまま、両手で口を覆っている。ここは売り場に隣接した顧客用特別応接室。声は出せないのだ。

「げ、下品すぎます」

由理絵の眦が吊り上がっていた。総身をヒクヒクと痙攣《けいれん》させている。

もうひと舐めしてやる。

「あっ、あっ、あああんっ……ず、ずるいっ……」

とうとう昇天してしまったようだった。

下品と罵倒されようが。これをやらねば、浩平のほうが噴き上げていた。

「由理絵だって、俺の亀頭の裏側ばかり舐めていたじゃないか。あれは禁じ手だ。さっさと抜いてしまおうという魂胆じゃなかったのか？」

浩平も子供じみた反論した。

「先に気持ちよくなって欲しかったんです。私は、男の人が放出する瞬間の顔に萌《も》えるんです。その瞬間の顔を見ると、とても愛《いと》しい気持ちになるんです」

由理絵が身体を痙攣させたまま、浩平を見上げてきた。上目遣いの瞳が愛くるしい。いかん。

この瞳に騙《だま》されてはいけない。由理絵の欲望も、所詮は、浩平と同じで自分本位なものにすぎないのだ。

要は先にイカせたい願望だ。

「俺は、女が先に昇天しないと気がすまない」

そう宣言しながら、浩平は由理絵の膝を改めて割り開いた。剝きだされた女の花がしとどに濡れている。

「いま、達したばかりです。ちょっと待ってください」

由理絵が、狼狽えながら、さかんに首を横に振った。額についた玉のような汗が飛び散った。

「いや、ここで挿入すれば、さらに高い次元の快感がやってくる」

浩平は適当なことを言った。自分が、いますぐ挿し込みたいだけだ。男女の行為は間髪入れずに、次々と攻めたてることだ。

「むり、むり、むりですっ」

絨毯の上で後退しようとする由理絵の尻を抱きかかえ、肉の尖端をあてがった。ずいっ、と腰を送り出す。

「いやぁあ～ん。入れないでっ。中がまだ整っていないんです」

一度昇天したばかりの由理絵は、激しく抵抗した。浩平はお構いなしに、腰を跳ね上げ、肉茎を送り込んだ。

「あっ、ちょっとくすぐったい。まんちょが、まだ麻痺しているのよ。あふっ」

由理絵は白目を剝き始めていた。

「初めて貫通したときは痛かっただろう。でもその後はよくなったはずだ」

「それとこれは、別な次元です……あうぅうう」

「別じゃないっ」

一喝して、ずばーん、ずばーんと怒濤《どとう》のピストンを打ち込んでやる。

最近は、女の気持ちを慮《おもんぱか》る男が多すぎる。それでは、女をより高いステージへは導けない。無理やりも愛情のひとつである。

三十秒ほどこすりつけていると、案の定、由理絵の声のトーンが、苦悶から喘ぎに変わってきた。

「はぅうう。私、おかしくなっちゃう」

全身から淫らな匂いを噴き上げ始めた。

「な、限界を超えると、またいい感じになるだろう」

「あんっ、なんか中が蕩けてしまいそうよ。こんなに粘膜が柔らかくなってしまったのは、たぶん初めて」

由理絵の顔はもうくしゃくしゃだ。

「俺も、これほど凄い締め付けを受けるのは初めてだ」

沸騰に次ぐ沸騰を続ける由理絵の淫壺が、男根をぎゅうぎゅうと締め付けてくるのだ。

「相性がいいわ」

由理絵がぽつんと言って、背中に腕を巻き付けてきた。

「俺もそう思う。付き合っちゃおうか？」

さらに、ずちゅずちゅと肉同士を摩擦しながら、そう聞いた。

「誰にでもそう言うんでしょう」

由理絵が肉芽を、浩平の土手に押しつけながら、疑いの目をした。

「確かに、いままで、やりながら何人かにそう告白した。だが同意してくれた女はいない」

「でも、私と付き合っても、他の女ともやるんでしょう？」

「やる」

嘘はつきたくない。他の女ともやると真顔で答えながら、盛んに尻を振りたてた。

「いや〜ん。もう私、断れないよ」

「なら、ふたりでやりまくろうぜ」

「私も、他の男とやっていいの？」

「もちろんだ」

そこで浩平は、どっとしぶいた。由理絵の淫壺に、どくどくと汁を流し込んでいく。

「浩平さんに、嫉妬はないの？」

「ない。自信がある男は、決して嫉妬をしない」

本当は確信がないけれど、根拠のない自信もまた男を強くする。

「そういうものかも知れないね」

由理絵がコクリと頷いた。

社内最高のスケベコンビになりそうな気配だ。

＊

「最近、北急百貨店の外商部にうちの顧客がどんどん横取りされているんです」

松菱百貨店の小林亜希子《こばやしあきこ》は、自慢のヒップを社長の石橋清太《いしばしせいた》の顔に押し付けながらそう言った。

石橋の巨根をしゃぶりながらだ。

シックスナインは、亜希子の大好きな前戯だ。

いまに双方の唾液にまみれた粘膜同士が擦れ合うのかと思うと、もうそれだけで、興奮してしまうのだ。

「手立ては考えてあるのか？」

肉マメをチュウチュウと音を上げて吸っていた社長が、突然、そこから唇を離して聞いてきた。

「はい。北急の誰が仕掛けているのかわかりましたから、その男にハニートラップを仕掛けて、ぎゃふんと言わせてやります」

亜希子は、石橋の睾丸をあやしながら答えた。

「ふむっ。ならばいい」

秘穴を二本の指で押し広げられ、奥の奥まで覗かれた。恥ずかしさに、淫層の柔肉が引き攣れる。

さんざん中を覗かれたあげく、最後にマメをべろりと舐められた。それが、挿入を求める石橋のサインなのだ。

じゅわっと、とろ蜜が溢れ出る。

「はい」

亜希子は、ベッドに仰向《あおむ》けに寝ている石橋の尖りの上に跨《またが》り、ゆっくり腰を下ろした。

「あぁああっ」

石橋の老練な剛直がむりむりと淫の肉路をこじ開けてくる。亜希子も膣で締めながら、すっぽり収めた。

「おぅ。今夜はまたえらいきついな。これで擦られたら、すぐにしぶいてしまうぞ。んはっ」

石橋が呻いている。亜希子は淫層を上下に滑らせた。石橋も突き上げを開始した。

ずんずん粘膜を擦りあう。

「あっ、私も今夜は凄く感じる」

亀頭から張り出した鰓を縦横無尽に動かされ、亜希子はたちまち翻弄《ほんろう》された。ホテルの窓からライバル北急百貨店の姿が見下ろせた。あえてこのホテルを選んだのだ。

「社長、突いて、もっと突いてっ」

北急百貨店を睨みながら、亜希子は膣壺を最大限にすぼめた。

「おぉおおっ。出るっ」

石橋が腰を高く跳ね上げた。

どびゅっ。熱い汁が子宮に飛んでくる。亜希子は北急百貨店を淫爆させたような気分に浸った。

第三章　社長夫人を攻略

1

桜の花が咲き乱れていた。

裏を返せば、期末決算日の三十一日が一日一日と近づいている。浩平は焦っていた。まだ、確固たる大口受注を取り付けていなかったからだ。

同期の半沢尚三《はんざわしょうぞう》は、警視庁管内の五つの所轄署から、刑事用の背広百着の受注を取っていた。

あまり知られていないが、制服警官ではない刑事にも官品として背広が支給されている。おおむね三年に一度、ひとり二着。冬用コート一着だ。

百貨店外商部が、所轄署の剣道場や柔道場に出張し、主にシーズン遅れになった背広を並べるのだ。刑事たちは選んでサインをするだけ。請求は警務課へする。各署は都内に本店を構える百貨店をほぼ順繰りに指名するのだが、半沢は、どういうわけか、同じ所轄から三年連続で受注を取っている。いずれも女性署長の警察署だというのが、気になった。

同期が得点を上げてきている分、心中は穏やかではなかった。しかも半沢は、専務の松村《まつむら》派である。社長の秋山《あきやま》派に属する浩平としては、ここで負けるわけにはいかなかった。

そんな折も折、外商部部長の香川照彦《かがわてるひこ》に呼ばれた。午後の遅い時間だった。香川は秋山派の中堅で、次期取締役候補のひとりである。

「青山君、丸産自動車の工場の作業衣をジャッカルしてくれないかね？」

外商部の会議室。

香川は、窓から日本橋の町を見下ろしながらそう言った。

ジャッカルとは横取りということである。

胸がドキリと鳴った。

浩平は、この一年、コツコツと松菱の顧客を寝返らせていたが、投資家やＩＴ起業家などいずれも個人の大口客だった。

仕事のことしか頭にない彼らは、時間や場所を選ばず自分たちの都合で百貨店員を呼び、様々なオーダーをしてくる。家具や高級衣服、腕時計などの装飾品を気軽に買ってくれるありがたい顧客だ。

そうした客たちの多くは老舗《しにせ》の松菱百貨店を好んでいたが、浩平は、より迅速に、彼らの要望に応えた。品質もさることながら、とにかく時間のロスを嫌う彼らは、スピード感で勝《まさ》る浩平にしだいに乗り換えるようになった。

五十歳以下の実業家に、それ以前の経営者に使う美辞麗句や格式ばった接客は必要ないというのが浩平の持論だった。

バブル以後の成功者は、ほとんど体裁よりも時間を気にする。スピードだ。

だが、由緒正しき名門企業丸産自動車となると勝手が違う。

「丸産自動車は、松菱百貨店の大得意のはずではないですか？」

丸産と松菱は、すでに五十年もの取引実績があった。早々簡単に崩せる関係ではなかった。

「そこだよ。この期末決算で、社長は大どんでん返しを求めている」

香川の横顔を、夕陽が照らした。

「どんでん返し？」

「百貨店の総売り上げランキングだよ。期末の追い込みによっては、わが北急が第一位に躍り出る」

「えっ？」

浩平は耳を疑った。

北急グループは巨大企業群である。ありとあらゆる業種に北急と名を冠した企業がある。だが、基幹企業の北急電鉄以外は、すべて業界の中堅というのが実情なのだ。百貨店部門においても江戸時代の呉服屋に端を発する『松菱』『高倉屋《たかくらや》』『伊勢丸《いせまる》』の御三家には大きく水をあけられた第四位である。それも同じ電鉄系の西堤《せいてい》百貨店と激しい四位争いをしている。

「御三家が、中国、韓国の客離れを起こした。この二国の富裕層が東京ではなく、ニューヨークとホノルルを目指し始めたからだ。銀座の松菱とはいえ、いまや海外の富裕層頼りさ。一般の日本人には、消費税アップが効いている。高いものはより高く感じてしまう現象は最低一年は続くものだ。中間層の日本人のほとんどが、自分の住む町のショッピングモールで日用品を揃え、百貨店で買うのはいわゆるハレの日だけになった」

その通りだ。大型スーパーは独自の品質向上を目指し、なおかつ庶民の懐《ふところ》にマッチした価格で提供している。香川の熱弁が続いた。

「ところがわが北急百貨店の客はそうした郊外のショッピングモールに通う層の客を取り込んでいる。わかるな？　カジュアルで値ごろ感のある品揃えが多いということだ」

香川が前に向き直り、にやりと笑った。

つまり百貨店としてのブランド価値は低いのだ、と、自らが認めているような言い方だった。

「おかげで、うちの売り上げは崩れていない。前年度より一割程度伸ばしている」

「それで、一位になれるんですか？」

「あくまでも百貨店としては、だ。小売店全体としては『一等いいだろう堂』と『イーモン』に完全に及ばないがな」

百貨店と大型スーパーの売り上げが逆転して久しいが、もはや太刀打《たちう》ちできる関係ではなくなっている。

百貨店はブランド力を、大型スーパーは利便性を追求している。

裏を返せば、北急百貨店はどっちつかずのおかげで増加も減少もせずにいるということだ。

「しかし丸産自動車は……」

さすがに浩平も、安請け合いはためらった。勝算なくしてこたえられるレベルの商談ではない。

「御三家の凋落《ちようらく》は激しい。経営企画部の調査では、総売り上げで高倉屋と伊勢丸は確実に抜いている。松菱にはあと一歩だ。だが、売り場の勝負では勝ちようがない。最後の一か月でどんでん返しをするには、外商で勝負をつけるしかないんだ」

香川の眼が鋭く光った。この男はこの機に取締役に駆け上がろうとしている。浩平はそう睨んだ。香川が続けた。

「青山、このチャンスが今年以外にあると思うかね？　国際状況が変われば、御三家はすぐに隣国の客を取り戻すんだぞ」

香川はまた窓の外を見た。

言わんとしていることは理解できる。

これだけ隣国との関係が冷え込んでいることは過去に例がなく、どこかで回復する可能性が大きい。しかも期が明ければ、日本はオリンピックムードに突入し、消費税のアップ率にも感覚として慣れる。

――それが政府の思い描いた図だ。だからオリンピックが来る前年に上げた。

「つまり今期に関しては百貨店御三家もイレギュラーとみているわけですね」

浩平はそう答えた。

「うちが一回だけ一位になれる千載一遇のチャンスだ。間隙《かんげき》をついての首位だが、これはグループ全体の浮揚につながる。北急グループの掲げる大命題は、都心に近い田園都市を創生することだ。電鉄としては、今後郊外に北急百貨店を大量に投入しようとしている。その場合『ナンバーワン百貨店』のキャッチフレーズは、大型スーパーと張り合う恰好のセールストークになる」

「一度、首位になればそれが使えると」

浩平は後頭部を掻きながら聞いた。

「十年は使える。事実は事実だ」

香川があっさり言った。

「たしかに。『二〇一九年度の一位』とは誰も言いませんね」

「青山、丸産自動車を突き崩せ。北急エージェンシーからの情報によると、松菱外商部の名うての女課長が、丸産自動車の購買課に日参しているそうだ。ということはまだ新規の受注は受けていないということだ。なんとしても、ジャッカルしろ。半沢よりさきに課長に上がる最大のチャンスだ」

課長と聞いて、さらに胸が高鳴り、股間が膨らんだ。浩平は希望が股間に現れるたちだった。

股間が硬直した瞬間に閃きがあった。

——丸産自動車の社長夫人は、下着売り場の良原由理絵の顧客だ。

浩平もまた個人客としては窓口になっていた。

スケベはツキを運んでくる。

この勝負、あながち捨てたものではないかもしれない。

「あらゆる手を尽くして、部長の期待に応えたいと思います」

浩平は、深々と頭を下げた。

2

正攻法では勝てない。

勝てば邪道が王道に変わる。

浩平は『将を射んと欲すれば先ず馬を射よ』の諺《ことわざ》に従い、社長夫人を攻めることにした。

北急百貨店一のスケベ女、良原由理絵にサポートを依頼した。由理絵はその形のいい胸の谷間を叩いて、応じてくれた。

突破口となる日がやって来た。

月末に近い、切羽詰まった時期でもあった。

浩平と由理絵は、広尾の邸宅街にある丸産自動車社長、山崎貴之《たかゆき》の邸《やしき》の前に立った。

作戦はすでに由理絵とつぶさに練《ね》ってある。

「北急百貨店の青山でございます。良原ともども、奥さまご依頼のサンプルをお持ちいたしました」

ドアホンに来意を伝えるとすぐに通用門が開いた。

「いらっしゃい」

家政婦に二階のドレスルームに通されると、すぐに千里《ちさと》夫人がやって来た。四十三歳。貴之社長の一回り年下だ。

千里はバスローブを着ていた。

「それでは、男の自分はリビングで待つことにいたします。万事は良原が」

由理絵がすでに猫足のローテーブルの上にパールホワイトのキャミソールやブラジャーを広げている。

浩平は、会釈して扉に向かおうとした。

「あら、青山さんも担当なんでしょう。ここにいて頂戴」

千里は意外な言葉を吐いた。さらに、

「女性担当者だけではなく、男性の視点というのも大切だわ」

と言い出す始末だ。

捌《さば》けた人柄なのは先刻承知だが、夫人の下着姿を見ること自体、こちらが照れる。

だが、命に背いては機嫌を損ねかねない。

「それでは、同席させていただきます」

浩平は、窓際の椅子に腰を下ろした。眼下に芝生の庭が見えた。

「じゃあ、そのブラジャーからつけてみようかしら」

さっとバスローブを脱いだ千里は真っ裸だった。

小玉スイカほどの巨乳がこぼれ落ちてくる。

「下着は見た目と装着感の両方が大事なのよね。それ、色合いは素敵だけど、着け心地はどうかしら？」

山崎邸の二階のドレスルーム。

男の浩平が窓際に座っているというのに、千里夫人はすっぽんぽんになっている。

四十路《よそじ》を越えた裸体はまさに熟れ盛りで、なおかつ均整がとれていた。

小玉スイカほどあるバストの中心に、小粒な乳首がちょんと載っていた。バストの豊満さとは対照的に乳首はレーズンぐらいしかない。

同行している下着売り場の由理絵が、そっと浩平に目配せしてきた。

（――ねっ、感じやすそうな乳首でしょう）

そう言っている目だ。

由理絵は前回の依頼の時にも、夫人の試着に立ち会っている。その経験もあって夫人のサイズは熟知しているということであったが、熟知しているのはそれだけではなかったのだ。

先週、職場で成り行きセックスをしてしまった後に、浩平は夫人を攻略したいことを、改めて打ち明けた。

すると由理絵は、膝をうって、アドバイスをしてくれたのだ。

「前回、試着に立ちあったときに、私、気づいたんです。夫人は自分の身体を持て余しています。私が、身体に触れるとそのたびにバストやヒップをくねらせるんです。それに多少のレズっ気もあります。私の身体にもさりげなく触ってくるんです。あの欲求不満ボディは、色仕掛けで絶対落とせますよ」

元より浩平は、由理絵を使って、夫人の機嫌をとり、自らが色仕掛けに出るつもりでいた。

だが、由理絵のアドバイスのおかげで、導入部は彼女に任せたほうが良いと判断したのだ。

社内においてスケベな女性パートナーがほしいという、浩平の願いが叶ったようだ。

「奥さま、このブラは表面だけではなく、カップの裏地がなんともなめらかなのです」

由理絵が千里夫人の背後に回り、ブラジャーをあてがった。

その時さりげなく、乳首を手の甲で撫でる。

「あんっ」

素っ裸で立ったままの夫人の膝がガクリと折れた。その調子だ。浩平は夫人の揺れ具合を見て見ぬふりをした。

由理絵の手のひらが、夫人の下乳を支え始めた。

「あら、奥さま、またバストが大きくなりました？」

由理絵が小芝居を打った。初めからワンサイズ小さなカップを持参してきているのだ。

業者に特別に依頼し、カップサイズを示すタグをワンサイズ上のものを縫い付けてもらっている。

「えっ、嘘よ。私、もう四十三歳よ。いまさら胸が大きくなるなんて、ありえないでしょう」

惚《とぼ》けながら由理絵が、ポケットからメジャーを取り出した。

そのメジャーも、浩平が知り合いの香具師《やし》から借りてきたものだ。実際には八十五センチしかないのに、一メートルとなっているメジャーだ。香具師が催眠商法に使っているものだ。

「おかしいわね。先週仕立屋が来たけど、何も言ってなかったわ……」

「通常、お客様のサイズは、いちいち声に出して言わないものです。わたくしが確認しましょう」

姿見の前に立たせたまま、由理絵が夫人のバストにメジャーを回した。

双乳の乳首の上にメジャーを巻き、くいっ、と食い込ませたりしている。

──そりゃ、やり過ぎじゃねぇか。あからさま過ぎるだろう。

様子を眺めている浩平は噴き出しそうになった。

「あんっ、いやんっ」

由理絵が、メジャーを食い込ませるたびに、千里夫人は尻を振って身悶えした。巨尻の下に伸びる両脚をX字に曲げて、照れ笑いを浮かべる姿は、実に可愛らしい。浩平が同じ部屋にいるにもかかわらず、夫人は繊毛を堂々と見せている。きれいに刈り揃えられた小判型だ。

「ほら、奥さま、九十センチを超えてしまっているじゃないですか」

由理絵は、夫人のバストの谷間で、メジャーの合わせ目を押さえながら言った。親指が九十二センチを指している。

「えぇ～、五センチも大きくなっているって、高校時代以来よ、ありえなーい」

千里夫人は目を丸くした。

——あり得るわけがない。

浩平は胸底で呟いた。

「奥さま、大丈夫です。収まるサイズのブラもちゃんとご用意してまいりました。寄せて、さらに盛り上がって見せるタイプでございます」

由理絵は、ショップ番組の司会者のような胡散《うさん》臭い微笑みを浮かべた。

「あら、それは嬉しいわ」

夫人がバストをツンと突き出して、姿見越しに、浩平の様子を窺ってきた。浩平は、姿見に映るバストと繊毛を、あえてじろじろと見てやった。

夫人の頬がほんのり紅く染まる。

「前から失礼します」

新たなブラジャーを取り出した良原由理絵は、今度は千里の正面にまわった。

いかにもワンサイズ上のカップを取り出したかに見えるが、実はこれが夫人の通常サイズである。

「でも信じられないわ。この歳でまだバストが膨らむなんて」

「そういう方、よくいらっしゃいますよ」

由理絵がしゃらんと言ってのけている。

――そんな女、いねぇよ。

浩平は、苦笑しながら、由理絵の次なる一手を見守った。まだまだ自分の出る幕ではない。

「あっ、いやんっ、そんなに下から持ち上げるの」

千里夫人の目の縁がねちっと赤く染まり始めている。由理絵が巨乳をいじりまくっているのだ。

「はい、寄せて上げて押し込むんです。こうするとバストの谷間が深くなって、より魅力的に見えるはずですよ」

などと言いながら、カップの中に、乳房を無理やり押し込めはじめた。

夫人の顔が喜悦に歪みまくった。

由理絵が、なんだかんだと言いながら敏感な乳首を、手のひらのあちこちで触りまくっているせいだ。あくまでもさりげなく、決して指で押したりせず、手のひらの側面や親指の付け根下の膨らんだ部分などで、絶妙にタッチしているのだ。

愛撫で言えばフェザータッチ。

やはり女は女の感じさせ方をよく知っている。

「んんんっ、まだ入らないかしら」

夫人は太腿をやたら擦り合わせ始めた。乳首が疼いて淫気が回り始めているのだ。

(濡れたか？)

浩平は鏡を向いている千里夫人に悟られないように、何気に股間を盗み見た。

残念ながら肝心な部分は見えない。だが、擦り合わせている内腿に光るような筋が二本見えた。

(そんなに濡れちゃってんのかよ)

浩平のズボンの下がビクンと跳ね上がった。

「奥さま、入りました。この盛り上がり、凄く魅力的です」

由理絵が鏡を指さしている。

「そ、そうね。それにこのブラカップ、裏地が凄く気持ちいいわ」

千里夫人の声は上擦っていた。カップの裏には乳首にやさしく触れるスポンジが入っている。

「それでは、つづいて奥さま、パンティを」

由理絵が高らかに言った。

「えっ？」

「どうぞ右足から」

と由理絵が絨毯の上に跪き、ブラジャーと同じ素材のパンティを広げた。

「あっ、そんなことまでしてくれなくても」

千里夫人は、照れくさそうな表情を浮かべた。

「平気です。靴売り場の店員が足元に侍《はべ》るのと同じです。下着売り場ではこれが普通ですから」

由理絵は足元にだけ視線を向けている。見ていて浩平は腹を抱えて、椅子から転げ落ちそうになった。

百貨店では、普通そんなことしねぇ。

婦人服売り場でも、紳士服売り場でも、試着は客がひとりでやる。

浩平が知る限り、店員が、パンツを脱がせたり、穿かせてくれたりするのは、ソープとヘルスだけだ。

「そ、そうなの。前回、あなたに来てもらったときは自分で穿いたような気がするけど、そういうものなら……」

夫人は照れ笑いを浮かべ、右足首を浮かせた。いやいや、そんなわけねぇだろうよ。

と浩平は胸底で毒づいたが、もちろん声には出さなかった。

膝が曲がって、股間の底がちょっと上を向いた。その瞬間、浩平の位置からでも。

女の花がはっきり見えた。

だが、女の秘部は一見しただけでは、正直、何が何だかわからないようなものだ。

それは、とにかくぐちゃぐちゃと蠢くものだった。

「左足もお願いします」

言いながら、由理絵が顔を上げた。眼の前に、夫人の女陰だ。

「はぅぅうう」

突然、千里夫人が歓喜の声を上げた。由理絵が、唇を窄めて、夫人のまんちょに、ふっと息を吹きかけたのだ。

「あなた、な、なにを?」

「はい、そこに陰毛が、くっついておりまして」

さらにふっと吹く。

「あへっ」

夫人が尻を後ろに突き出した。パンティが膝の下あたりで左右に絡まっているので転びそうだ。

「ちょっといいですか。陰毛を取ります」

由理絵が夫人の股間に指を伸ばした。そこまでやるか? 浩平は心の底で唸った。

「いや、ちょっと、そ、そこは自分で取るわよ。あふ、うはっ、んひょ」

由理絵が夫人の秘唇の中に指を割りこませ、ワイパーのように動かし始めた。

見ていた浩平のほうが、フル勃起状態になってしまった。

浩平は、窓際の椅子に腰を降ろしたまま、ふたりの女の様子を眺めていた。

3

「良原さん、あなたこれ確信犯でしょ。そこに陰毛なんてついてないでしょっ」

丸産自動車の社長夫人、山崎千里は身悶えしながら、尻を後ろに引いているが、由理絵は秘芯をなぞる指を止めない。

「いいえ、奥さま、ここに短いのが一本……それにパンティクロッチをぴったり密着させる前に、蜜を少し掬《すく》っておいたほうがよろしいかと」

由理絵は、花びらの上を人差し指で執拗に擦っているようだ。千里夫人はすでに濡らし過ぎているようで、ぴちゃっ、ぴちゃっ、というはしたない音をたてている。

「青山さん、ちょっとこの人おかしいですよ。前回の試着でも、なんだかんだと理由をつけて、私のバストやヒップを撫でまわしたんです。ですから、私、ちょっとやばい感じがして、青山さんにもこの部屋に残っていただいたのですが。あっ、そんなところに、陰毛付着していないですってばっ」

言うなり千里夫人は、ピーンと背筋を張った。どうも由理絵が、クリトリスを触ったようだ。

もう一息だ。

「いやいや、男の自分にはその辺のことは、わかりかねます。良原は、当店きっての下着のプロですから、より良い状態での装着を心掛けているだけかと」

立ち上がると勃起を悟られてしまうので、浩平は着席したまま、そう突き放した。

「あっ、ひゃっ、私、そんなにされたら本当におかしくなっちゃいそうだわ」

夫人は目を閉じて天井を向いてしまった。唇を食いしばっている。

立っているのも辛そうだ。由理絵の指が速くなる。

「あっ、あんっ、いやっ」

夫人の脳がオルガスムスに向かい始めたようだ。

しばらくの間、くちゅくちゅと由理絵の指が粘膜を滑る音だけが聞こえる。

「はぅうう」

夫人の声が極点に急接近したと思われる瞬間だった。由理絵がさっと指を引いた。

「奥さま、陰毛取れました」

「えぇええぇ。もう取れちゃったの？」

夫人の表情は、いじられているときよりもしどろもどろになった。

「それでは、奥さま、パンティを引き上げます」

由理絵は、千里夫人のパールホワイトのパンティを一気に引き上げた。パンティクロッチが、ぴちっと股間を覆い隠す。

「えっ、大丈夫、もうアソコに陰毛はついていないの？」

夫人は、いかにも残念そうに目をシロクロさせた。

花びらをさんざんいじりまくられたあげく、極限に到る直前に寸止めされたのだから、たまらないだろう。

欲求不満が頂点に達していると思われた。

——そろそろ、俺の出番だ。

浩平は、おもむろに立ち上がり、夫人の傍らに進んだ。

「上下とも下着をお着けになられたようなので、僕も拝見させていただきます」

いかにもここまでは視線を外していたように装った。

「ど、どうかしら。男性から見てこの下着」

声が掠れている。視線が、浩平の股間に張り付く。そこはサラミソーセージが一本、横たわっているような按配《あんばい》だった。

「パンティのほうが、少し緩くないでしょうか。良原君、サマードレスから透けて見えた場合とかそれでいいのかな？」

浩平は由理絵にあえて確認を求めた。これ自体が小芝居である。

「あら、私としたことが」

由理絵が大げさに頷き、鏡と実物に何度も視線を行き来させている。

「えっ、そうなの？　穿き心地としては、ぴったりだけど」

夫人が首を傾《かし》げた。すかさず由理絵の手が動いた。

「いいえ、やはり緩めに見えますね。もっとウエストを上げないと」

そういってパンティのストリングスをクイクイと引き上げた。にわかに股間にクロッチが食い込み、肉丘が割れて見えた。

「いやんっ。そんなにパンティを食い込ませないでっ。いやん。あなたたち、何か企《たくら》んでいるのね。私を感じさせてどうする気なのよ」

千里夫人は頰を真っ赤に染め、掠れた声を上げた。ようやく単なる下着の試着ではないことに気がついたようだ。

「えっ、奥さま、どうなさいました？」

浩平は空惚《そらとぼ》けた。感づかれても極限に追いつめるまで本音を言うつもりはない。

下着担当の由理絵も演技をつづけた。

「奥さま、やはりもう少しぴったり股間に密着させたほうがシルエットが美しく出ると思います」

「あなたまで何を言い出すの。私、下着姿を他人に見せることなんてないのよ。主人だってもはや興味を持ってくれないんだから」

プイと横を向いた。欲求不満は極限を超え始めている。

すかさず由理絵が返した。

「たしかに奥さまの下着姿をご覧になる人は、山崎社長しかいないと思います」

「当然よ」

浮気などするはずもないと言いたいのだろう。

「ですが奥さま、これからのシーズンはサマードレスをお召しになる機会も多くなることと存じます。身体にぴったりしたドレスの場合は、パンティラインが浮いて見えるものです」

「それはそうだけど、私はそこまでピチピチのドレスは着ないことにしているのよ」

千里が首を横に振った。浩平が割って入った。

「密着ドレスであえて下着のラインを見せるのが、昨年来のニューヨークセレブのトレンドです」

「えっ、そうなの？」

千里の瞳がにわかに輝きだした。嘘に決まっている。冷静に考えたらわかるはずだ。だが脳にエロが充満している夫人は理性をうしなっている。

「本当です。どれだけハイカットのパンティをつけているか競い合うのが、マンハッタンスタイルになっています。」

由理絵が追い打ちをかける。よくもぬけぬけと言えたものだ。それ、『まん張ったん』の駄洒落《だじゃれ》だろうが。

「あら、来週、山崎が個人的に外資系企業の経営者たちを招いてのプライベートパーティがあるのよ」

どうやら、千里夫人もこちらの作戦に気づきながらも、あえて乗ってきたようだ。

「それは、ぜひ誂《あつら》え品にすべきです。私が採寸いたしましょう」

由理絵が再びメジャーを取り出し、千里夫人のパンティの基底部に回し始めた。

クイクイと股間にメジャーを擦り付けている。何度も同じ動作を繰り返しているうちに肉丘がぱっくり割れて見えた。

「あぁんっ。メジャーが食い込んでくるわ」

千里夫人が唇をきつく結ぶ。

「クロッチ部分の長さをきちんと計測しませんと」

由理絵が出鱈目《でたらめ》を言った。その由理絵の声も弾んでいた。

「そんなの口実でしょう。あなたたち、私をメロメロにする気なのね」

「奥さまの身体があまりにも魅力的なので、ついエッチな気分になってしまいました」

由理絵が俯いて見せる。ここが本音の切り出しどころだろう。浩平も頷いた。

「不快でしたでしょうか？」

由理絵が、メジャーをピーンと張ったまま言っている。

「癪《しゃく》に障《さわ》るけど不快ではないわ」

千里夫人が嫣然と笑い、メジャーを挟んだままの股間を自ら揺り動かしはじめた。

――勝ちが見えた。

浩平は胸底でガッツポーズした。

「あぁ、気持ちいいっ」

淫液による染みが大きく広がり、パンティから薄桃色の肉襞《ひだ》が透けて見えた。千里夫人はいきなり速いピッチで腰を振っている。勝手に昇天されてもまずい。

浩平は進み出た。大勝負だ。

「奥さまや、うちの良原同様に、僕も興奮してまいました。こんなにです」

ズボンの上から自分の股間を撫で回してみせる。事実、痛いほどに膨れ上がっていた。

「青山さん、もっとこっちに来て、そこ触らせてよ」

「ご所望とあらば」

浩平は夫人の脇へと進み出た。すっと夫人の手が伸びてくる。人差し指と中指で亀頭を探られた。

「んんんっ。漏れそうです」

「直接触りたいわ」

夫人がトロンとした目で、ファスナーを引き下げてくる。男根が膨張してパンパンになっているので、なかなか下がらない。

「それでは奥さまのほうも、生で拝見させていただきます」

由理絵が千里夫人の腰骨のパンティに手を当て、グイッと引き下げた。

「いやんっ、私を先に脱がせちゃうなんて」

パンティを脱がされた千里夫人が顔を膨らませた。照れ隠しもあってか、浩平のズボンの前窓から、強引に手を突っ込んでくる。

「あうっ」

棹を鷲摑みにされ、引っ張り上げられた。

痛い。

「ちょっとお待ちを」

浩平は、ベルトを外し、ズボンとトランクスを一気に足元まで降ろした。赤銅色の肉棒がドンと飛び出す。

「まぁ、素敵」

夫人がしゃがみ込み、亀頭に頰ずりしてきた。

「おぉ」

四十路越えとは思えぬみずみずしい肌だ。亀頭はさらなる硬直を見せた。

「まるで鉄の塊《かたまり》ね」

唇を寄せてくる。

浩平としても、ここまで悶々とした思いで、女ふたりのやり取りを眺めていたのだ。吐息がかかっただけで先走り液をこぼしてしまいそうな気配だった。

「では、私はおっぱいのほうを」

夫人のパンティを脱がせることに成功した由理絵が、フェラチオの邪魔をするまいと正面から背中へと移動した。背中のホックを外す。

先ほどようやくカップの中におさまった小玉スイカほどの乳房が、まろび落ちてくる。由理絵が背後からその双乳を両手で掬い上げた。五指を食い込ませて揉みしだき始める。乳豆はすでにぴんぴんに勃起していた。

千里夫人は由理絵に乳房をいじられながら、浩平の男根を捧げ持っている格好だ。

「舐めるわよ」

夫人の真っ赤なルージュを引いた唇が大きく割り拡げられた。

「どうぞ」

浩平も腰を送る。ぬるりと夫人の口中に亀頭が侵入していく。

「んんん」

舌に巻き付かれた。生温かくて、分厚い舌だ。じゅるりっ、じゅるりっ、と亀頭裏を舐めまわされる。

「おいしい」

上目遣いに見つめられると、すぐにも噴きこぼしそうになった。

歯を食いしばり由理絵に助けを求める視線を送る。

阿吽《あうん》の呼吸で由理絵が、夫人の股間に指を伸ばした。ぐちょという音が鳴った。

「あぁぁあああ。いきなり指入れないでっ」

蹲踞《そんきょ》の姿勢の夫人が激しくヒップを振った。とんでもなくエロい。

「奥さま、ぐしょぐしょでございます」

由理絵が、指を出し入れしながら言っている。

「ぁあんっ。舐めたいし、挿《い》れて欲しいし、私、もう混乱しちゃう」

千里夫人が男根を頬ばりながら、ヒップを揺すっている。夫人の口は浩平が、淫壺は由理絵が攻めていた。

さすがに由理絵は女の壺の攻め方を心得ているようだ。

二本指で小刻みに抽送していたかと思うと、最奥まで挿し込み、つづいて、淫層の中を掻きまわしたりしている。変幻自在の攻めだ。

「あっ、いやっ、良原さんの指、いやらしすぎるわ」

夫人はがに股に開いた股の中心から、大粒の淫汁をぽたぽた溢れさせていた。

「はふっ、あふっ、でも、これも舐めたい。ぁあんっ、くはっ」

浩平の男根を咥えた唇から、喘ぎ声が漏れてくる。どうやらフェラチオに集中できなくなり始めているようだ。

由理絵は、夫人の膣壺に指を挿入させながら、もう一方の手では、乳首もいじり回していた。ただし、右乳首だけだ。

人差し指で搔くようにいじったり、親指も使って摘まみ上げたりしていた。かつて自分がやられたように、左乳首を欲求不満地獄に追いやっているのだ。

「あん、いやん。青山さんっ、あなたが左のほうの乳首をいじってくださる？」

千里が懇願の視線を向けてくる。

「それは出来ません。北急百貨店では、男性社員が女性客に触れるのは就業規則で禁じられています。ですから、こうして良原を連れてきているのです」

由理絵がこくりと頷き、いきなりスナップのピッチを上げた。

「あわわっ」

千里夫人は激しく総身を震わせた。顔はくしゃくしゃになっている。

「そんな、青山さん、あなた、おちんちんを舐めさせておいて何を言うんですか」

「就業規則に『お客様にフェラチオをさせてはいけない』という項目はないんです」

しゃらんと言ってやる。

「セックスはどうなの？　セックス禁止とは書いていないんでしょう」

千里夫人が双眸《そうぼう》を吊り上げた。

「はい、それは明記されていません」

書いてあったら面白いと思う。

「だったらセックスしましょう。ねえ早く」

「うーん、どうなんでしょう？」

「いやっ、焦らさないでっ、早くセックスしましょうよ」

夫人に男根をぐいっと引っ張られた。いよいよ佳境だ。

「わかりました。ですが、その前に」

浩平が腰を引きながら答える。

「なによ、私に何か頼み事があるなら、さっさと言いなさいよ」

夫人はもう我慢が出来ないという様子だ。まだまだ焦らす。浩平は、上着やシャツを脱ぎながら言った。

「準備運動をします」

「はい？」

「大事なお客様とセックスするのです。軽く身体をほぐしてから挿入させていただきます」

その言葉を言い終わらないうちに、夫人の淫壺を指でピストンしていた由理絵が、さっと指を抜き、自らのスカートをたくし上げ、パンストをするすると下ろした。

この女、パンティは穿いていない。

「良原さんが脱いでどうするのよ」

夫人がぽかんと口を開けた。いきなり淫壺から指を抜かれたことにも面食らっている様子だ。

「はい、青山の準備運動を手伝います」

由理絵は微笑み、夫人の股間を向く形で四つん這いになった。

「どんな準備運動よ？」

夫人が喉を鳴らした。眦が吊り上がっている。見当がついたようだ。

浩平は由理絵の背後に回った。三人は縦一列になった。

正面にがに股の千里夫人。

その股間に顔を向ける形で、四つん這いになっている由理絵。

由理絵の跳ね上がった尻の前に浩平は膝立ちになった。円い尻の割れ目の底から薄桃色の渓谷が覗ける。花びらがマニキュアでも塗ったようにてらてらと輝いていた。

由理絵は由理絵で、夫人の淫壺や乳首を触って、発情していたようだ。

「じゃあ、軽くアップさせてもらおう」

かちんこちんに硬直した肉の尖りを、桃色の窪みに押し付けた。亀頭がズルッと穴に落ちていく。

「はふぅう」

由理絵が歓喜の息を吐いた。真正面は千里夫人の濡れた花びらだ。

「いやぁ～ん。おまん処《しょ》にいやらしい息吹きかけないで。あはあん」

がに股の夫人が、女陰に息を吹きかけられて、尻もちをついた。見事なM字開脚だ。

股間に由理絵が顔を埋めて舐め始めた。スケベの惑星直列が完成した瞬間だった。

4

「いやん。気持ちいいけど、これは、欲求不満がたまるわよ」

千里夫人が喘ぎながら、眉根を吊り上げた。

M字開脚した股間を由理絵にべろべろと舐められているのだが、その由理絵の尻を抱き、男根を出し入れしている浩平にイラついているらしい。

気持ちはわかる。

それが狙いでこんなことをしているのだ。

浩平が四つん這いの由理絵を突きまくるほどに、由理絵は呻き声を漏らしながら、夫人のまん処をクンニしまくる仕組みだ。

浩平の真正面に千里夫人が見えるので、直接やっている気分にもなれる。

「ねぇ、もう準備運動は十分でしょう。早く、私に挿し込んで頂戴っ。あぁあぁ」

由理絵が意地悪く肉芽を強く吸ったようだった。

瞬間的に、夫人の顔が溶けて見えた。

「青山さん、私、イキそうです。一気に攻め立ててください」

由理絵が、夫人の股間から口を離して振り返って言う。

本気とも芝居とも取れる目をしている。

由理絵の唇の周りは蜂蜜でも舐めたようにべちゃべちゃになっていた。

「うーん。フル振動してもいいんだけど、そうすると、俺も出ちゃうぞ」

浩平は打ち合わせ通りのセリフを吐いた。

「出してください。私の中にどくどく出してくださっていいです」

由理絵が尻を振って答える。

「あんたたち、北急百貨店の従業員同士でしょう。そんなことしていいの」

千里夫人がヒステリックな声を上げた。目の前でセックスを見せつけられて、淫気が炎上しているはずだ。

浩平は答えた。

「従業員同士は、合意の上であれば何をしてもいいんです。中出しでも、顔面シャワーでも」

刺激的な言葉を並べてやる。

「だけど、良原、俺、一回出しちゃったら、もう無理だぞ。最近は一度出したら復活はしない」

「その場合は止むを得ません。それに奥さまに中出ししては、まずいですし」

ふたりで最後の大芝居を打った。

「かまわないわよ。ちょっとぐらい漏らしたって平気だから」

千里夫人が、浩平の腕に手を伸ばしてきた。

「工場の新規作業着の注文、ぜひ当店へお願いできますか？」

浩平は唐突に申し出た。

この依頼で、千里夫人の股がぴしゃりと閉じるか、はたまたさらに広がるかが賭けだった。

「そ、それが目的だったのね」

千里は腑《ふ》に落ちたという顔をしたが、股は閉じなかった。

「山崎の妻ではあるけれど、経営にはタッチしていないことはご存知でしょう？」

この間も同僚でありエロパートナーの由理絵は、千里夫人の女壺を、ぴちゃぴちゃと音を立てて舐めている。

「んんんっ」

夫人は背を反らせた。

「直接、お願いするほど野暮《やぼ》ではございません。商談を成立させるためのアドバイスを頂ければ」

浩平は、おもむろに肉棹を由理絵の淫壺から抜き、白濁液が付着したままの亀頭を銃口のように千里に向けた。

たった今まで、燃え滾《たぎ》る淫層の中を行き来していたので、湯気が上がっているように見える。夫人が舌舐めずりした。

「発注の実務は総務部長の井岡《いおか》さんよ。でももう遅いんじゃないかしら。すでに松菱百貨店さんに発注する方向で進んでいると主人が漏らしていたから」

「ひっくり返すにはどうしたらいいでしょう。井岡部長を攻略すればいいのでしょうか？」

棹を振りながら言った。

付着した蜜液が四散する。

夫人がまた喉を鳴らした。早く挿れたいらしい。

「井岡部長は松菱の女課長と出来ているわ。ひっくり返すにはやはり社長である主人しかいないと思うけど」

「山崎貴之社長を攻略する方法は？」

ズバリ聞くと、夫人は困った顔をした。

「教えていただけないようでしたら、これで帰ります」

浩平は床に放り投げてあるトランクスに手を伸ばした。

「ちょっと待って。山崎の最大の弱みは女よ。エロい女に弱いの」

夫人が口走った。なるほどこの夫人を娶《めと》ったわけだ。

「落としにいってもいいですか？」

浩平は再び亀頭の尖端を夫人に向けた。

「わかったわ。私が今度のパーティで、この由理絵さんを手引きします」

潤んだ眼差しを向けてくる。

「それでは思う存分挿し込ませていただきます」

浩平は、サラミソーセージのように硬直した肉茎を、千里夫人の女陰にズブリと挿し込んだ。

「ぁあんっ」

熟したマンゴーに指を突っ込んだ感触に似ている。

「んんんっ、いいっ」

夫人がエビ反りになった。膣の底から子宮が伸びあがってくる。

「まだまだっ」

浩平は全長を挿し込み、土手と土手を重ね合わせたところでいったん動きを止めた。

「はぅう」

すると夫人のほうから、土手を摩擦してきた。

男根の根元のやや上のあたりに、硬直したクリトリスが触れる。

「奥さまも、お豆がコリッ、コリッになっていますね」

耳元で囁いてやる。

「いやっ、私が、凄く淫らな女みたいじゃない」

夫人は恥ずかしそうに笑う。その割には、クリトリスを押し付けたままだ。

「違いますか？」

浩平も土手を打ち返した。クリに最大限の圧力をかける。パンッと弾けるわけがないのだが、そんな感じで押してやる。

「んわっ」

夫人が目を剝き、背中を反らせた。よけいに圧がかかる。

「んんんん、クリパンっ」

クリトリス圧迫で昇天したようだ。総身を真っ赤に染め、まだ律動もさせていないのに、汗をしとどに噴き上げていた。

「では、続いて、奥を」

浩平は尻を跳ね上げた。ズンと子宮を圧《お》し潰すように叩き込んだ。

「いやぁぁぁぁぁぁぁぁ」

夫人の肉層が一気に窄まる。浩平は、構わず怒張した亀頭で締め付けをこじ開け、怒濤の連打を繰り出した。

「んはっ、ひゃはっ、そんなにされたら、まん処の底が抜けちゃう」

「望むところです。抜いて差し上げましょう」

ずん、ずん、ずんっ。子宮を叩き潰す勢いで突いてやる。

「あぁあああ、ま、ま、まんパンっ」

とうとう夫人が四肢を痙攣させた。大昇天の瞬間を迎えたようだった。浩平もさすがに堪え切れなくなった。

「出ます！」

身体がビクンと震えた。次の瞬間、亀頭が砕け散った。

淫爆。ドカン。

ド派手な花火のように盛大に精汁をぶち上げた。

＊

タイヤの匂いのする倉庫だった。

人気はない。

「令和最初の大取引なんですから、なんとかうちにお願いしますよ」

松菱百貨店外商部一課の課長小林亜希子は、壁際でバンザイの姿勢を取らせた井岡久雄の乳首を舐めしゃぶりながら、そう懇願した。

井岡は丸産自動車の総務部長である。

荒川沿いにある江東工場に打ち合わせに来たところを待ち構えて倉庫に連れ込んだ。

東銀座の本社では憚られるからだ。

「三工場すべてなんて無理だよ。社長の方針は、松菱、北急、伊勢丸の三店に一工場ずつ割り当てることになっている」

「それでは、うちがシェアを落とすことになります。前回通りでないと私の立場がありません」

男の小さな乳粒をチュウチュウ吸い立て、自分のバストも押し付けた。

「いやいや前回、松菱に全品依頼したら、取締役会でバランスを欠いたと批判が出たんだ。発注担当の俺が、キックバックをもらっているんじゃないかと疑う役員もいてさ。まずいんだよ」

「もらってるじゃないですか。こうして」

亜希子は井岡の腕を引き、黒のタイトスカートの中に引き込んだ。

「おいっ」

井岡は、手を引っ込めようとしたが、目が躍った。亜希子はノーパンだった。

「好きなだけ触っていいんですよ」

濡れた肉襞を割って、井岡の指を導くと、そこからはもう自由に動き出した。

「まいったなぁ」

花びらを拡げながら、肉芽にいくか、それとも膣孔に落とすべきか迷っているように指を上下させながら言っている。亜希子は井岡のファスナーも下げた。一気に怒張した男根を引きだす。ためらっている場合ではない。

「決めてくれないと、バラしますよ。この関係」

亀頭を手のひらで優しく撫で回しながら、耳元に囁いた。

「合意の上の関係だろう」

「会社にではなく、奥さまに」

井岡の顔が凍り付いた。亜希子はスカートを捲って壁に手をついた。

「もう、引き戻せないのですから、堂々とどうぞ」

「そうだなぁ」

ずちゅ、と肉棒が挿入された。子宮に契約のハンコを突いてもらった気分だ。

第四章　夜桜を見る会

1

良原由理絵はパーティに招かれていた。

丸産自動車代表取締役社長、山崎貴之が主宰する私的パーティ『夜桜を見る会』だ。

表参道にある一戸建てレストラン『ゴーン』を借り切っていた。

広い庭が自慢の店で、大きな桜の木が三本も立っており、美しくライトアップされていた。

「主人がさっきから、あなたをチラ見しているわ」

千里にさりげなくドレスのヒップを撫でられた。白のロングドレスの上からだ。ゾクリと感じた。

「あっ、奥さまの手のひらの動き、いやらしすぎます」

由理絵は、逃げもせず、触られるままにしていた。自分もいやらしい気分になったほうが、より色香が放てるというものだ。

パーティでは、積極的に話しかけてくる外資系企業の白人幹部などもいたが、語学が苦手な由理絵はうろたえるばかりだった。

社長を食うためにやって来たのに、ほかの男に食われたのでは何にもならない。

しかもこのセッティングをしてくれたのは、山崎夫人の千里なのだ。

すっかり青山浩平に骨抜きにされた千里は、その罪悪感からか、夫にも早く浮気をさせてしまいたいということになった。それでこのセッティングとなった。

どちらの浮気相手も北急百貨店の店員というのが、面白い。

今後、顧客獲得のためのひとつの手段として、戦略化していくのはどうだろう。

そうなれば、浩平と自分は最高のビジネスパートナーになれるのではないか。いずれ浩平が社長で、自分が副社長というのも悪くない。それとも青山夫人か。

そんなことを妄想しながら、千里にヒップを撫でられ続けていた。

「ノーパンってスリルあるわね。由理絵さんのアドバイスのおかげで、私、十歳ほど若返った気分よ」

千里が赤のロングドレスにヒップをツンと突き出して見せる。パンティラインがどこにも見えなかった。

由理絵は誂え品としてバタフライショーツを勧めたのだが、夫人は潔《いさぎよ》くノーパンを選択してしまったのだ。

「下着売り場担当の私としては複雑な気分ですけどね。たしかに奥さま、今夜は飛び切り色っぽいです」

そういう由理絵も今夜はパンティを穿いていない。千里からの命令だった。自分の夫を提供するというのだから、逆らえない。しかも自分は白のドレスだ。深いスリットも入っている。

「主人のところに行く前に、少しいやらしいことしましょうよ」

千里が目を細めた。

「いやらしいことってなんですか」

「この前の仕返し。ここで私にあなたのおまんちょをいじらせて」

「ここでって、隠れるところないじゃないですか」

さすがの由理絵も、腰が引けた。

「ワインをもってお庭に出ましょう。きっと主人も追ってくるわ。そしたらチェンジ。

そのまま、ふたりでどこかに消えてもいいわ」

千里が不敵に笑った。由理絵は、股間の肉皺《にくじわ》が、ゆるっと濡れるのを感じた。

誘われてレストランの庭に出た。

星空だった。

よく手入れされた芝生がライトに映えている。

庭のテーブル席でも、ビジネスマンやキャリアレデイたちが談笑していた。由理絵には無縁の人種だ。

「こっちよ。私、お昼ごろに下調べに来て、ちゃんと、いいポイントを見つけておいたんだから」

千里が奥のほうを指さす。三本の桜の木の中で、左端のもっとも幹の太い木だった。

ライトアップされた満開のソメイヨシノが妖艶《ようえん》に輝いて見えた。

「裏側は暗いのよ」

千里が目を輝かせている。由理絵のエロパートナーの浩平とそっくりな目の輝きだ。

——本物のスケベはスリルを好む。

そう直感した。

由理絵も胸の高まりを感じた。

レストラン内の個室に入って、こちょこちょと触られても、それは普通のお戯《たわむ》れだ。誰かに見られる、というスリルがあって、淫気はさらに倍化されるものだ。

思えば浩平と初めてやったのも、下着売り場の特別応接室だった。売り場のすぐ近くで、声も出せないというスリルのおかげで興奮が極限にまで高められた。エロとはそういうものだ。

「奥さま、私も触っていいのですよね」

由理絵は訊《き》いた。自分でもすでに声が上擦っているのがわかる。

「いいわよ」

夫人も嬉しそうにいう。

お互いどっちもいける口だが、基本的にはノーマル。男好きだ。

左端の大きな桜の木の裏側に、潜り込んだ。

ソメイヨシノは上方だけがライトアップされていた。そのため幹の根元は人工的な木下闇《こしたやみ》と言えた。

「今夜は、私が攻める番よ」

「はい。お願いします」

「主人が、あなたをひと目見て発情しちゃうように、エロエロ女に仕立てちゃう」

由理絵が巨木に背を押し付けると、千里は一気にロングドレスの裾を捲り上げてきた。ノーパンの股間が爆ぜた。

すでに甘い発情臭が漂っているはずだ。

さっと陰毛を撫でられる。背筋を快感が駆けあがった。男のタッチとは全く違うソフトさだ。

「あぁ」

たまらず喘ぎ声を上げ、頭頂部を樹木に押し付けた。

十五メートルほど離れているとはいえ、レストランのほうからは、招待客たちの、さんざめく音が聞こえてくる。この緊張感がたまらない。

「由理絵ちゃん、亀裂が短いのね」

「そ、そうですか。あまり他の女性と比べたことは、ないですから」

デパートガール同士で、茂みの濃度はよく話題にするが、亀裂の長短まで語りあったことはない。

「この花びら、くねくねしていて可愛いわ」

千里の指が秘肉を押し分けて、ワイパーのように動き出した。

「はふっ」

めくるめく思いとは、まさにこのことだ。気がつくと由理絵は、千里に片足を大きく抱えられ、人差し指と中指を、淫壺にぶすっと挿し込まれてしまった。

二本指を重ねて挿し込んできている。プチ男根サイズ。

「うはっ」

指が曲げられ、膣の上方を掻かれる。カモン、カモンの仕草だ。

由理絵は呻いた。

「んんんんっ」

膣壺の中が一気にぐちゃぐちゃになった。

「ぁあぁ。奥さま、そんな抉られ方されたら、私、声が出ちゃいます。ぁあぁ」

由理絵は右手で口を押さえながら、訴えた。恥ずかしいやら、感じるやらで、涙が出てきそうになった。パーティ会場からは、笑い声が聞こえてくる。気づかれたら最悪だ。

「声を出せないって、よけいに感じるでしょう?」

千里が肉層の中で、今度は指をクルンクルンと回してくる。

「ふはっ、ううう」

その通りだ。安全な場所でやるより百倍感じる。

「あっ、うはっ」

抱えられているほうの足がプルプルと震えだした。

「声、出しちゃいなさいよ。向こうにいる招待客たちが驚くわよ」

耳元で千里が囁く。

「私に、恥をかかせてどうなさるつもりですか」

正直、もう昇《い》きそうだ。

「この前、青山さんとエッチしている一部始終をあなたに見られてしまったから、ちょっと悔しいのよね。だから、今夜は、あなたのことをいっぱい虐《いじ》めてあげたい」

なんてこった。

千里は、そう宣言すると、フルスピードで指ピストンを繰り出してきた。

「あふっ、ふはっ」

声を上げまいと、必死に堪えたが、たしかに堪えるほどに、淫気がグルグルと巻きあがってくる。

まずい。このままでは、歓喜の雄たけびを上げてしまいそうだ。負けてはいられない。由理絵は、自分も千里の股間に手を伸ばした。赤いロングドレスのスリットから手をこじ入れて、まんちょの丘を探る。

千里もノーパンなのだ。すぐに指先がぬるりとした位置を発見する。

「うっ」

千里の顔がいきなり溶けた。

「奥さまだってここが大変なことになっているじゃないですかっ」

肉丘をパカッと開いてやる。

「うはっ」

「クロス手まん！」

指を入れた。

「いやんっ、由理絵ちゃんの指の動き速すぎる」

千里が、膣層をきゅっーと窄めた。指にとろ蜜が絡みつく。

——私の蜜より濃い。

女同士のいじり合いは、知らずしらずのうちに、互いの膣のサイズや濡れ具合、締まり具合を比較し合ってしまうものだ。

千里の膣の窄まり方は鋭かった。男なら、たまらない圧迫感を得るのではないか。

少しだけ妬《や》ける。

嫉妬もあって、由理絵は挿し込んだ指をV字に広げたり、ヘリコプターの羽根のように旋回させたりした。千里の膣袋の中が、ネバネバになってきた。

「あんっ。由理絵ちゃん、そんなに広げないでっ」

そういう千里は、指を深く、深く挿し込んでくる。どれだけ深いか測っているかのように。

「うちの主人は、どちらかと言えば、ずんぐり型なの。たぶん、由理絵ちゃんの子宮まで届かないんじゃないかなぁ」

そんなことを言いながら、徐々に膣の上方の扁桃腺《へんとうせん》のように腫れた部分を擦り始めた。そこは反則じゃないか。

「うぅうう」

由理絵は顔を顰めた。膣ではなくもうひとつの小穴の奥がざわめいた。

――いやん、噴きそう。

レストランの庭とはいえ、野ションは嫌だ。

――ならばっ。

由理絵も千里の同じ部分に指を当てた。腫れて垂れ下がっている部分を、くちゅくちゅくちゅっと、執拗に摩擦してやる。どうだ、どうだっ。

「だめ、だめ、だめっ」

千里が激しく腰を振った。ぴちゃ、と小さく噴いたようだ。

エロバトルでは自分のほうが若干、長《た》けている。

同じ戦法なら、慣れているほうがコツを知っているというものだ。そのまま摩擦をし合った。

「あぁあああ、止めて」

さすがに、千里が先に指を止めた。

「奥さまこそ、私を噴かせようとしたでしょ」

由理絵も指を止めた。

「ねぇ、私たち、対決しているわけじゃないわよね」

と千里。

「はい、ここで、お互い潮《しお》を噴き上げても、あまり意味ないと思います。そもそもご主人とセットアップしていただくために、今夜は呼ばれたはずですが」

「そうだった、そうだった。Gスポット対決じゃなかったわね。ちょっと待って」

平静を取り戻した千里が、巨木の隅から白いハンカチを振った。

ゆっくり足音が近づいてくる。いよいよ丸産自動車社長、山崎貴之の登場のようだ。

「あっ」

と思った瞬間だった、千里にGスポットを、ぐしゅぐしゅと、一気に攻め立てられた。

「うわっ〜」

飛沫《しぶき》を上げさせられた。一瞬の隙を突かれたのだ。

「あふ、ふはっ、ダメです、飛んじゃいます」

由理絵はロングドレスの裾を捲り、その場にがに股でしゃがみ込んだ。

潮は出し切るまで止まらない。

「奥さま、酷《ひど》いっ」

股間から放物線を放ちながら、顔を上げて、狙みつけた。

――この敵《かたき》は、いつか必ず取ってやる。

「違うのよ。うちの主人にこの姿を見せたら、間違いなく興奮するわ。あの人、ノーマルを越しちゃっているのよ。それにライバル会社からのハニートラップなどにも用心しているから、なまじっかな誘いには乗らないと思う。けれど、野ションはインパクトあるわよ」

「野ションじゃありませんっ。これ野潮《のしお》です」

由理絵はムキになって言った。断固違うものなのだ。

「私、行くわね。主人、来るわ。約束通り、どんなことしても怒らない。だけど青山さんとのことは内緒ね。ばれたら北急との取引は、全面的になくなるから」

千里は、それだけ言うと、踵《きびす》を返してさっさとレストランの方へと戻っていった。

「ちょっと待ってください。いくらなんでも、ここで放置しないでくださいっ」

言っても詮なきこととわかっていたが、由理絵は潮を撒きながらも、千里の背中に懇願した。

千里の去っていく足音だけが聞こえた。

途中で「あら、あなた、ちょっと気分の悪い子がいるわ。助けてあげて」という声が聞こえた。

由理絵は、潮を撒きながら唇を噛《か》んだ。

2

「あらら」

いきなり隣で声がした。

丸産自動車社長、山崎貴之の野太い声だった。凄い対面の仕方である。

つるっ禿《ぱげ》の爺さんだった。光沢のある鼠《ねずみ》色のスーツを着ていた。正体を知らなければ、反社会勢力の方と間違えそうだ。

「あっ、社長、北急百貨店の良原と申します。申し訳ありません。これには訳が」

由理絵は、がに股で放水したまま、紅潮した顔を上げた。

「いやいや、何も言わなくていい。訳アリにしか見えない」

だったら、見ないで欲しいのだが、山崎は、その場にしゃがみ、覗き込んできた。

「大丈夫か？」

背中を擦ってくれる。いやいや、ゲロ撒いているわけじゃない。

「！」

由理絵がふと横を見ると、山崎のズボンの前がもっこり膨らんでいた。

「ちょっと大丈夫じゃないみたいです。ドレスが濡れちゃいました」

「なるほど。では、わしと一緒に戻ろう。わしの背中に隠れながら歩けばいい。二階の部屋に案内しよう」

山崎は目を輝かせていた。

社長の背中に隠れながら、庭を横切り、まだ宴たけなわのレストランに戻った。

社長の代わりに、千里夫人が会場を泳ぐように動き回り、招待客にシャンパンを注ぎ、もてなしていた。

その姿は、まるで政治家の妻だ。

「まぁ、北急の良原専務、主人がいつもお世話になっております。例の件、なにとぞよろしくお願いいたしますね」

いきなり専務と呼ばれた。しかも北急百貨店の「百貨店」部分を省略している。単に北急と言えば、人はグループの中核である北急電鉄を思い浮かべるものだ。

客たちが、由理絵に好意的な眼差しを寄せる。

――専務だなんて。私、下着売り場の販売員に過ぎないんだけど。

由理絵は訝《いぶか》し気に思った。

――それに例の件ってなによ?

千里が近づいて来た。

シャンパンボトルを抱えている。F1レースのお立ち台で掛け合うブランドの大型ボトルだ。

「どうも奥さま」

由理絵は会釈した。さっきまで互いの膣壺をまさぐり合った仲だが、あえてよそよそしい態度で接する。

「シャンパンどうぞ」

由理絵がグラスを持つと同時に千里が注いできた。だが、ボトルのネックが泳いだ。千里がよろけたのである。

「あっ、ごめんなさい」

泡ぶくシャンパンが放物線を描いて、由理絵のロングドレスの股間のあたりに降り注がれた。

「きゃっ」

白いドレスに陰毛が透ける。

——わざとやりやがったな？

咄嗟にそう思ったが、反面助かった面もあることに気が付いた。潮を撒いた際にドレスを濡らした部分が、これでわからなくなった。

「これで匂いも消えたでしょう」

千里に耳もとで囁かれる。なるほどそういうことか。

「あっ、平気ですから」

由理絵はハンカチで、陰毛のあたりだけを押さえ、目で洗面所を探した。

「二階へどうぞ。着替えもあります」

千里が指で上を指す。

「ありがとうございます」

「着替えましたらご連絡くださいね。北急さんの新規導入のバスの件、お聞かせ願いましょう」

山崎社長が周囲に聞こえるように言った。

なんのことだ？

由理絵はわけもわからず頷き、階段へ向かった。投資家たちが一斉に山崎貴之に群がった。

どうやら山崎夫妻は招待客たちに、いかにも由理絵が重要な取引相手であるという風に見せかけたようだ。

パーティを抜ける口実だ。

しかも、丸産自動車に、いかにも新たな需要があるよう吹聴している。

やはり一流の経営者だ。

──私、パンツは売ってもバスは売ったことがないけどね。

ぶつぶつ言いながら二階に上がった。このレストランはブライダルパーティーの名所としても知られている。部屋は新婦の控室のようだった。ホテルのスイートルームといった趣である。

由理絵は、部屋に入りドレスを脱いだ。

もとよりノーパン、ノーブラである。

ドレスを脱ぐと真っ裸状態になった。

部屋に置かれていたバスタオルを身体に巻き付ける。小柄な由理絵はバストから膝頭まですっぽり収まった。

千里夫人が、着替えを用意してくれていた。

ベージュのスカートスーツに白のブラウスだ。ギフトカードがついている。これは夫人からのプレゼントということのようだ。

身体に当てて、鏡に映していると、ノックもせずに山崎貴之が入ってきた。

「いま家内から聞いたよ。キミは、北急百貨店の下着担当だそうだな」

「あっ、はい」

由理絵は咄嗟にそう答えた。

厳密には顧客担当ではない。それは外商部の青山浩平である。夫人は青山との関係を詮索されたくないから、由理絵が担当だとごまかしたのだろう。

この際、夫人の描いたシナリオにすべて乗ってあげる。

山崎の眼に好色の色が浮かんでいた。膝、股間、胸と粘りつくような視線が順に上がってくる。陰毛がそそけ立ちそうなほどの、興奮を覚えた。

「あの……先ほどは、とんでもない姿を晒してしまって申し訳ありませんでした」

ぺこりと頭を下げる。胸の谷間に視線が注がれた。

「いやいや、家内には言えないが、興奮してしまったよ」

社長が股間を撫でた。

巨大自動車メーカーの社長にしては、お茶目な仕草だ。

由理絵は、ここぞとばかり、身体を屈めた。ごく自然にバスタオルの結び目が解けた。

「あっ」

確信犯の癖に、小さな悲鳴を上げて見せる。

バストと陰毛を露出させながら、由理絵は、恥ずかしそうに、バスタオルを掻き合わせた。肝心な部分は見せたままだ。

「おぉっ」

「いやんっ。私、下着まだつけていないんです」

「かまわん。いやそれより、さっき庭でしていた時と同じポーズを取ってくれんかね」

山崎が顔の前で手を合わせている。

「えっ？」

どういう趣味？

「いやぁ、わしはな、女子のがに股に弱いんだ。子供の頃に偶然、座りションをしている女子を見て興奮して以来、がに股に萌えるようになってしまった」

開いた口が塞がらない。だが、夫人の千里が、無理やりGスポットを責めてきた意味がようやくわかった。

そして、シャンパンを振りかけてきた意味も。

きちんと拭いても、亀裂には、かすかに潮の香りが残ってしまうものだ。それをシャンパンの香りで消してくれたのだ。

もちろん、そこを舐める夫のためにも……だ。

山崎が少年のようなまなざしを向けてきた。

「それにな、わしは若い頃、よくストリップを見に行ってたんだ。堂々と女性のがに股を覗けるのは、それしか方法がないだろう。だがね、さすがに出世してからはいけなくなった。頼む。飛ばさなくていいから、がに股になってアソコを覗かせてくれ」

山崎が床に正座した。土下座せんばかりの勢いだ。

「いや、飛ばすのは百パーセント無理ですよ。もう出し切っちゃいましたから」

由理絵は言った。

「がに股とか、オープンショーならいいか？」

社長に懇願された。

「あの、こんな時に、取引を申し出るのは、卑怯なのは承知ですが、私の頼みも聞いてくれますか？」

由理絵はそう切り出してみた。

山崎は顔を顰めた。

権力者ほど、自分の立場を利用しようとする者に対して警戒心が強い。

「依頼のレベルにもよるが？」

「簡単なことです。御社の三工場の作業衣のモデルチェンジ、当社に請け負わせていただけないでしょうか？」

一気に言った。

社長はちょっと考え込んだ。

由理絵は、バスタオルの前を閉じかけた。

「待て、待て、待て。本来わしが介在するような話ではないが、総務部にそう命じよう」

「あくまでも、私のまんちょ見せと交換ですよ。バスの導入などと言った権限は私にはありませんから」

「わかっておる」

「それなら」

由理絵は、その場にしゃがみ、人差し指と中指で花びらを割り拡げた。くちゅっ。御開帳。

超、照れくさい。

山崎が、顔をさらに近づけて覗き込んでくる。眉ひとつ動かずに、見入っている。目がらんらんと輝いていた。

「こうやって、女性の生まんちょを覗き込んだのは、十五年前に、渋谷のストリップ劇場に行って以来だ」

「そんな、ストリッパーと私を一緒にしないでください。ぁあんっ」

由理絵は、すねて見せたものの、実は興奮しまくっていた。

——見られるって快感！

男に舐めさせたことは何度もある。だが、ひたすら見つめられたことは初めてだ。たまらず山崎の眼前で、指でクリトリスを擦り始めてしまった。

「おぉおぉ。オナニーショーまで見せてくれるのか」

山崎は歓喜の声を上げる。

それがまた由理絵にも、快感を呼ぶ。くちゅ、くちゅと指を動かすたびに、卑猥な音が湧き上がる。

——なにしているんだろう、私。

もう夢中で擦っちゃう。

「ほう、そこは包茎なんだな?」

山崎に唐突に聞かれた。そんなこと聞かれたことない。戸惑う私。

「女は全員そうだと思います。仮性ですが……」

「いくら剝いても、戻るのかね?」

五十過ぎの男が、目を丸くして、鼻息を荒げながら言う。なんだか可愛らしい。

「はい、クリ皮は必ず、戻りますよ。ずる剝けたまま、そのまま形状記憶ってことはありません」

包茎のままでも困るが、剝けたままというのもたまらないだろう。たぶん、パンティの股布が当たっただけで、歩くのもままならなくなる気がする。

「吸わせてくれないか？」

山崎が肉芽を凝視したまま言っている。

「はい？」

「尖ったところを思い切り吸ってみたい」

そうきたか。由理絵としては、クリは潰してもらう方が好きなのだけれど。

「かまいませんが」

いまさら、そこを潰して欲しいと懇願するのも、弱みを告げるようで損な気がする。

ここは黙って、吸ってもらおう。

「では、ちょっと失礼する」

山崎が蛸のように口を尖らせ、ちゅばっ、と女の突起に吸い付いてきた。

「あああぁぁああ」

なにこれ？　と、由理絵はのけぞった。唇を吸盤のように張りつかせ、尖りを思い切り吸い取っていく。

「はぁ～ん」

敏感な尖端が、グーンと伸びがる。とんでもなく気持ちいい。伸びきった尖端をベろりと舐められた。

「あぁああ」

がに股に開いた腿の内側が、プルプルと震えだした。

「おぉ、伸びる、おさねが、まだまだ伸びるぞ」

——いやいや、無限には伸びません！

けれども気持ちはいい。

山崎が面白がって、どんどん吸い上げた。

「あひゃ、ふひょ、うふっ」

由理絵は訳がわからなくなってきた。

高い地位にいる者ほど、子供のようなことに夢中になるという。

日頃、丸産自動車の経営トップとして、様々な問題に直面している山崎にとって、いまこの一瞬だけが、解き放たれているときなのかもしれない。そう思うと父親ほどに年の離れた山崎が愛《いと》おしくなる。

由理絵は、クリトリスを吸い取られながら、両手で山崎の頭部を抱えこんだ。

「あぁあ、もっと、ちゅばっ、ちゅばしていいです。吸われるって凄い」

「おぉ、おっ」

山崎はクリ豆を吸いながら、指で花びらも大胆に割り広げてきた。なんだか、心の扉まで開かれてしまった感じだ。

「あぁ、そんな何もかも、開けちゃわないでください」

老獪《ろうかい》な経営者のことだから、もっとねちねちと責めらるとばかり思っていたが、山崎はある意味、野放図に、好奇心に任せて舌や指を動かしてくる。案外、成功する者というのは、あれこれ技巧を弄《ろう》したりしないのかもしれない。

「穴を指で圧して、おさねを吸ったら、どうなんだろう」

山崎が、ぬっと親指を突っ込んできた。人差し指ではなく、いきなり親指だ。

――尖りと穴が、連動してないってばっ。

「んはっ」

尖りを吸われ、膣孔に親指を突っ込まれ、それを反復させられると、得体のしれない快感に襲われた。

「ふわぁああぁ」

淫壺から、とろ蜜が一気に溢れた。

「おぉお、蜜の粘り気が凄いぞ。蜂蜜みたいだ。よしっ、これをマメにまぶそう」

「いや、いま、そこを舐められたら、私、死んじゃいます」

「死に顔が見たい」

訳のわからないことを言っている。山崎がとろ蜜を舌で掬い上げ、尖り切ったクリトリスにべろりと塗り込んできた。

「あぁあぁ、昇くっ」

ひたすら引っぱり伸ばしたピンクのマメをいきなり幅広の下でベロリとやられたので、由理絵は卒倒した。四肢が痙攣をおこす。

「女の死に顔は昇き顔だ」

なんてこと言うんだ。

3

すでに取引は成立しているものの、やられっぱなしでは情けない。

それにこれほどまでに、執拗にクリトリスを攻めまくられては、いまに足腰が立たなくなってしまう。

「社長、今度は私に舐めさせてください」

何度となく訪れる絶頂の波に、身体を打ち震わせながらも、由理絵は、半身を起こして言った。

「うむ。わしのココも、もう苦しくてたまらない。これほど硬直したのは、二十年ぶりだ」

山崎が苦しそうに、ズボンのベルトを緩めた。ようやく由理絵の股から顔を離した。

「はぅ〜」

命拾いをした思いだ。

首を曲げて、股間を覗くとクリトリスが自分でも驚くほど、大きく腫れあがっていた。興奮した乳首のような顔だ。

「クリトリスも包茎になっているより、そのほうが勇ましく見える」

山崎が口の周りの粘液と陰毛を手の甲で拭いながら、そんなことを言っている。たしかに肉芽の皮がずるりと剝けたままだ。

——元に戻らなくなったらどうしてくれる！

とは、言葉に出さず、攻撃態勢に入ることにした。

「社長の怒張を早く舐めさせてください」

「うむ。頼みたい」

山崎は自ら、ズボンの前を開け、肉茎を取り出した。まがまがしい鎌首がにょきりと顔出す。早く触って欲しいのか、陰茎が武者震いをしてる。

由理絵は、すぐに陰茎を握らず、山崎の上半身の下着を捲り、男の小さな乳粒を人差し指の腹で撫でまわした。

「おぉお」

山崎が声を震わせた。

「社長の乳首、私のクリと同じぐらいの、大きさですね」

クリームを延ばすような感じで指先を回す。

「うはっ。これは気持ちいいな」

すぐに小さな乳首がピンと起き上がってくる。乳首を刺激するほどに、男根がブルンブルンと首を振る。面白い。

「では、まず、乳首をしゃぶりながら、手扱《こ》きしてあげます」

由理絵は、山崎の胸に顔を埋め、乳首をチュウチュウと吸いながら、怒張に手を這わせた。カチンコチンだ。根元をしっかり握って、軽く上下させる。

「おぉおおっ」

山崎が喜悦の声を上げる。

父親ほど年の離れたこの社長が心底、愛おしく思えてきた。心を込めて、乳首をぺろぺろしながら、右手の手筒を素早く上下させた。

「これは天国じゃ。だが、両方いっぺんに攻め立てられたら、すぐにしぶいてしまいそうだ。あわっ、ぬはっ」

山崎が立ったまま身体をくねらせた。じいちゃん、なんだか超可愛い。

褒められると、ついついもっと喜ばせてあげたくなるのは、女の性《さが》だ。

由理絵はさらに執拗に男の粒を舐めしゃぶってやった。一方で、男根の握りは、あえて緩めてやる。すでに亀頭から、ちょろちょろと先走り液が出始めていたので、少し抑えてやった方がいい。

還暦を目前にした山崎だが、乳首は未開発だったようだ。風俗嬢にやられ慣れた男に、乳首舐めを強要されるのは不快だが、山崎のような初心《うぶ》は大歓迎だ。

さらに、どんどん開発してやりたくなる。

由理絵は、先ほどこの山崎にクリトリスを吸い取られたときの快感を思い出していた。乳首でやり返したくなる。

乳首をちゅぱっ、ちゅぱっ、と吸い付けながら、伸びあがった尖端を、べろりと舐めてやった。

「おわわわっ。わっと」

日本を代表する自動車メーカーの社長が、顔をくしゃくしゃにした。呆《ほう》けた顔だ。人間、気持ちがいいと、みんな間抜けな顔になるものだ。

「そんなに気持ちよいですか？」

あまりの反応の良さに、よもや演技ではあるまいかと、由理絵は確認を入れた。

「あぁ、本当に気持ちがいいんだ。これは礼をせねばならないな。工場の制服だけではなく、本社で働く女性社員の制服も北急百貨店に発注してやってもいいぞ」

山崎は、そう言うと、反対側の乳首も突き出してきた。片方だけを責められると、孤立感を深めたもう一方が、やたら欲求不満になるものだ。

「マジですか？」

聞きながら、逆側の乳首に唇を寄せてやる。いままで吸っていた方は、指で掻く。もちろんもう一方の手では男根を緩くしごきたてている。

「あふぅう」

山崎がさらに頬を緩めた。

その時、由理絵は、浩平から言われていた、もうひとつのミッションを思い出した。

「あの松菱百貨店さんの担当者は、どんな方なのでしょう？」

舌をちろちろと動かしながら聞いた。

「小林さんという女性課長だ。うちの総務部長と懇意にしているようだが、そうとう色っぽい女性らしいぞ」

あまりにもあっけなく告げられたので、興奮して亀頭をぎゅっと握ってしまった。山崎が顔を顰めて声を上げげた。

「んはっ、出るっ」

いやそれは困る。まだ挿入していない！

由理絵は慌てて握りを緩めた。手のひらには、山崎の先走り液がべったりくっついている。どこかで拭きたかったので、由理絵は山崎の頭を抱えた。

つるっ禿のてっぺんに擦り付ける。

「社長、丸産自動車の本社や支社、それに工場などで、北急百貨店の頒布《はんぷ》会を開いていただけませんか？　もちろん店頭価格よりも二十パーセント以上お安く致します」

取引の拡大は山崎のほうから、言い出してきたことだ。ただしそれは、外商部ルートでの話で、大量購入を前提にしているものだった。

由理絵は外商部ではない。女性下着売り場の販売員だ。この際、自分の売り場の在庫処分もしたいと考えた。

「社長。ＯＬさんや女子工員さんのための下着の頒布会ってどうでしょう。女子社員のための特別頒布会です」

社長の頭頂部を撫でながらねだる。社長の頭、自分の先走り液で、ピッカピカ。

まるで巨大な亀頭のように見えた。

ほんの少し罪悪感を覚える。

「頒布会かぁ」

光る頭が揺れた。

あの頂上にまんちょをくっつけてみたい。妙な欲望に駆られた。

「それも女子だけというのはどうかな？」

山崎が逡巡している。由理絵は何気に立ち上がった。山崎が怪訝《けげん》な顔をした。

「社長、女性の股間に興味ありませんか？」

言いながら、山崎の禿《は》げ頭を跨いだ。

「んん？」

「女子社員って、しょっちゅう社内でオナニーしているんです。トイレで指でやったり、机の角に押しつけたり、あっ、こういう円いのも感じます」

由理絵は、股間の花びらを山崎の頭頂部にべったり押し付けた。

「おっ、プチッとなんか当たったぞ」

「それクリちゃんです」

山崎が上目遣いに、接点を覗き込んでくる。超お茶目な表情。

「なんか、まんちょにキスされているみたいで、いいな」

「花びらを滑らせてみてもいいですか？」

「おぉ。わしのほうから動かしてやろう」

言うなり、頭を縦や横に振り出した。荒馬に乗っているように股が揺れる。

「うぅうう」

由理絵は歓喜に呻いた。

捲れたままの花びらが、つるつる滑る。クリトリスも頭皮に押し潰されながら、猛烈に摩擦された。

「社長、私、クリトリスがコリコリになってきました。社長は、頭が硬くなりませんか？」

「アホなこと抜かすな。形は似ていても、そこはチンポじゃないんだ。勃起も硬直もしないいっ」

「ですよね。あふっ、はっ」

まんちょを軽快に滑らせた。

これまで、机やテーブルの「角」にばかりクリを擦り付けてきたが「丸」もいいということがわかった。

今後はサッカーボールなどもありなのではないか。

と、由理絵はサッカーボールを股間に挟んでヒップを揺すっている自分の姿を妄想した。

すると、じゅるっと蜜が溢れて出てきて、山崎の頭頂から額や両耳、後頭部に向けて、ちょろちょろと流れ落ちていく。

「社長の頭、射精したみたいです」

「いい加減にせいっ」

山崎がぬるりと股間から頭を抜いた。

「射精したいのは、頭じゃなくて、こっちだっ」

と、禍々《まがまが》しく怒張した肉茎を、由理絵の眼前に突き出してきた。さすがにむっとしたようだ。

「そうでした」

由理絵は、あわてて床に尻をつけ、V字開脚をした。その中心に、むりむりと山崎の亀頭が侵入してくる。

「んはっ」

肉路が一気に押し広げられる。極上の快感だ。

「下着の頒布会の件は、ＯＫだ」

「うれしいですっ」

由理絵は、山崎の全身を抱きしめるように、膣を思い切り窄めてあげた。

膣壺の柔肉が鋭く張り出した鰓《えら》に、逆にグーンと押し広げられていく。

「あぁ、山崎社長っ」

由理絵は背をそらせ、さらに大きく開脚させられた。あっという間の田楽刺《でんがく》しだ。

「ぁあああ」

「狭いな。亀頭にまんちょがぴったり張り付いてくる」

山崎は頰を緩ませ、尖端を奥へ奥へと潜り込ませては、ざっと引き上げていく。

一定のリズムではない。張り出した鰓を、様々な角度に曲げて攻め立ててくる。これには翻弄された。

「はぅぅう。これ気持ちよすぎますっ」

自分のほうからさんざん焦らした癖に、挿入されたとたんにあっという間に追い込まれてしまった。

やはり女は刺されてしまうと終わりだ。

「わしもこんなに元気になったのは久しぶりだ。相性がいいようじゃな」

先ほどまで、すぐにも射精してしまいそうだと顔を顰めていた山崎が、いまは意気揚々と目を輝かせ、猛然と尻を振り立ててくる。

「いやん、社長、元気すぎます。私、もう昇っちゃいますっ」

挿入してからは、山崎にもっといろんな頼みごとをするつもりだった。

だが、この途轍《とてつ》もない快感のうねりに、すべての思考回路が吹っ飛ばされていた。

「あん、いや」

膣壺を、太い肉茎で奔放に擦られ、のたうち回っているところを、これでもかというように、いきなり左右の乳首を摘まみ上げられた。

「あっ、昇っちゃう」

由理絵は全身を激しく震わせて、極点へとかけ昇り、絶頂した。

余韻は容易に醒めなかった。由理絵は身体の中心に太棹を挿し込んだまま、ヒクヒクと腰を振っていた。

真っ赤に染まった耳朶《みみたぶ》を山崎が舐めてきた。

ぬちゃくちゃと卑猥な音がする。

同時に亀頭で膣も刺激されているので、そこの音のようにも聞こえてしまう。

「なぁ、良原さん。北急百貨店の各店舗にある送迎用のシャトルバス。あれ、そろそろ新車に替え時ではないかね」

「えっ」

由理絵は啞然となった。膣がぐっと窄まる。

「トヨトミから丸産に替えるように総務部に働きかけてくれないかね」

この男の方が一枚上手のようだった。

＊

「またかよ」

真夜中の北急百貨店。警備主任の鈴木《すずき》悠太《ゆうた》は、眉をひそめた。

防災扉が微かに開いた階段の踊り場から、女の呻き声と男の荒い息遣いが聞こえてきているのだ。

夜間の警備を担当していると、年に二度ぐらい。こうした淫場に出くわす。社員同士だろう。そうでなければ、閉店後の店内にいるわけがない。

鈴木は手にしていた懐中電灯をあえて消し、忍び足で、踊り場に近づいた。

(あちゃぁ〜)

あれは、化粧品売り場の派遣販売員、谷川麻衣《たにがわまい》と地下食品売り場の魚屋の大将、立花信一郎《たちばなしんいちろう》ではないか。

壁に手をついている二十五ぐらいの女を、六十過ぎの大将がバックから突き刺しているようだ。

「大将、早くっ。もう守衛さんが回ってくる時間だわ」

麻衣が尻を振りながら言っている。

──もう来てるってばよ。

鈴木は懐中電灯を点灯するのをためらった。

以前に一度、いきなり点灯し怒鳴ったがために、女が驚きすぎて、外れなくなってしまった経験がある。

以来、犯罪性がない限り見て見ぬふりをしていた。所詮、セックスだ。立小便しているわけではない。

ふと鈴木はよこしまな考えを持った。

──俺も、出してみるか。

部屋にしたら六畳間ほどありそうな踊り場は真っ暗闇だ。鈴木は警備員服のズボンから男根を抜き出し、スーッと行為中の男女に接近した。お互いよく見えない。魚屋の大将の肩にぶつかった。

「しっ」

と鈴木は口に手を当てた。するとどういうわけか、魚屋の大将は男根を抜いて顎をしゃくるではないか。

「うちはイートインもやっている」

「そいつはいい」

鈴木は麻衣の肉裂に、太棹をグサッと入れた。

「えっ、大将、また大きくなった？」

麻衣が尻を突き上げた。締まりがすごくいい。性格が緩い女ほど、女壺の締まりはいい。鈴木は、腰を振った。

「だめだめ、守衛さんが来るってばっ。大将、早く出してっ」

その言葉に誘われて、鈴木はドバッと出した。

いい気持ちだった。抜くとすぐに魚屋の大将がまた挿し込んだ。

「守衛なら、もう向こうへ行ったぞ」

「ほんと？　そしたらもう一回出していいよ」

鈴木は踊り場を後にした。

守衛という仕事をしていると、いろんな淫場に出くわすものだ。屋上を巡回をしていると、向かいのホテルの窓際で、うちのホテルを見下ろしながらやっているカップルもいる。いい気なもんだ。

第五章　百貨店サバイバル

1

「あっ、すみませんっ」

青山浩平は、声を上げた。

ビールグラスを倒してしまい、隣に立っていた女の白いワンピースの前を汚してしまったのだ。

西銀座の立ち飲みバー。

まだ黄昏時《たそがれどき》だというのに店内はごった返していた。

「大丈夫です。これぐらい、飲んでいるうちに乾きますよ」

小林亜希子は平然と笑い、ハンカチで軽く股間のあたりを拭いた。濡れた場所が場所だけに。拭いている仕草もエロい。

亜希子は松菱百貨店の外商部の課長だ。

浩平は、同僚の良原由理絵が摑んだ情報をもとに亜希子を今日の午後から尾行していた。

＊

『この女が、丸産自動車の総務部長に食い込んでいるそうです』

上司の香川に報告した。三日前のことだ。

日本橋の老舗寿司店に連れて行ってくれた香川の返事は単刀直入だった。

『仮に今回一回、工場の制服を北急が横取り《ジャッカル》できても、彼女がいる限り、三年後には再び逆転される可能性があるということだな。百貨店の覇権争いは戦国時代の国盗り物語のようなものだ。ライバルは完膚なきまで叩き潰しておく必要がある。きみの独特の商法なら、彼女を凋落させるなどたやすいんじゃないのかね？』

香川が意味ありげな言い方をした。

『僕独自の商法なんてないですよ。誠心誠意、顧客に体当たりしているだけです』

そもそも香川が言っている意味がわからなかった。

『そうかね。だが秋山社長も私も、きみが店内のあちこちの売り場の女性販売員や顧客のマダムたちと関係を結んでいることは、把握しているよ』

香川が中トロを頬ばりながら、いきなりそう言った。

——おぉっと。

浩平は、手にしたシャコの握りをポロリとこぼしそうになった。

「いや、それは、事実無根で」

突如、喉が乾き、ビールを一気に呷《あお》った。

「そんなに狼狽《うろた》えることはない。別に非難しているわけではないんだから。相手の方も合意の上ならそれでいいじゃないか。それも商才のひとつだよ。ただし、聞こえはよくないね。特に専務派の連中は、わが派のあら探しばかりしている」

香川はここで『緑茶を一杯』と主人《あるじ》に頼んだ。茶が出てくるまで沈黙が続く。浩平は、ひたすら、おしぼりで額の汗を拭いた。

大相撲の力士の名前が並んだ湯呑が白木のカウンターに置かれたところで、浩平は聞いた。

「専務派の誰が？」

「半沢君が何かおかしいと紳士服販売部の池戸《いけど》部長に告げ口したみたいだ。幸い池戸君の弱みを私は握っている。内容は言えないがね。押さえたよ」

「すみません」

浩平は頭を下げた。ガリも喉に通らないほど緊張した。

「ただし、キミのやり方に正当性を持たせなくてはならない。従業員や顧客でもなく、ライバル会社の女性課長を落としてこそ、キミの手法が正当化される。さもなければ、いつかきみは、職場の女に手あたり次第に手を付ける、ただの放蕩社員という烙印《らくいん》をおされるだろう」

事実上の脅しだった。

――スケベの力でどこまで運を切り開けるか。

勝算がないわけではない。小林亜希子に関してある情報を得ていた。

「わかりました。僕がどれだけ体当たりで仕事をしているか、お見せしましょう」

浩平はそう言い切ったのだ。

ただし得た情報に、証拠はないのだ。伝聞だけだ。まずは自分のエロ力で乗り切らねばならない。

＊

昼の二時に湘南にある大手結婚式場に向かった小林亜希子は二時間ほどの商談を終え、ふたたび横須賀線で新橋へと戻ってきた。

当然、銀座の松菱本店へ戻るのかと思いきや、亜希子は、新橋駅からぶらぶらと歩き、西銀座の高架下の立ち飲み屋へと寄ったのだ。

自分へのご褒美ということではないのか？

だとすれば、取引が上々だったということだ。

亜希子は三十路《みそじ》を少し越えたぐらいに見えた。それで課長とは出世が早い。

「ビールは染みになります。本来は新品と同じ価格で弁償すべきですが、せめて洗濯代を支払わせてください」

浩平は、くらいついた。実は、わざとビールグラスを倒したのである。亜希子をスカウトするためだ。

顧客の奪い合いもそろそろ限界にきている。

亜希子を北急にスカウトして顧客をそのまま移動させるのも手である。

「これはセールで買った廉価品です。ですからどうぞお気になさらずに」

亜希子が微笑を絶やさずに言う。

「では、せめてワインをご馳走させてください」

ただのナンパと思われないかと冷や冷やしながら聞いた。

「それは、ありがたくいただきます。あ、高いのじゃなくていいですよ。ハウスワインの赤」

亜希子の声のトーンが一段上がった。ようするにこの女、酒飲みのようだ。

「それなら、一杯と言わず、何杯でもどうぞ」

「私、遠慮しないですよ」

亜希子がこちらを向いた。ワンピースが濡れたせいで、下着が透けて見えていた。黒のハイレグっぽい。

それから亜希子は、立て続けに七杯のワインを飲んだ。とんでもない酒豪だ。

「……疼くわ」

カウンターから差し出された八杯目のワイングラスを口に運びながら、独り言のように言った。

「えっ？」

浩平は聞き返した。

口説こうと思って接近したのは確かだが、いきなり相手の方からそんなことを言ってくるとは思ってもいなかった。

「はい？　私、いまなにか変なこと言いました？」

亜希子がキラキラと輝く瞳を向けてきた。浩平は聞こえなかったふりをした。

「いいえ、なにも変なことなんか、言っていませんよ。それより、ワインつよいですね。もう八杯目ですよ。いくらでも御馳走しますが、お水とかツマミはいいんですか？」

「平気です。私、その日、このお酒と決めたら、ひたすらそれだけ飲み続けるんです」

本当の酒好きとはそういうものだろう。

浩平はワインとワインの間に、充分なミネラルウォーターを挟み、チーズやローストビーフも取っている。亜希子と同じペースで飲んでいたら、先に潰れてしまうことは間違いないからだ。

浩平は普通の酒のみである。

だが、その亜希子も、立て続けにワイン八杯となるとさすがに効いてきているようだ。

ぐらりぐらりと浩平に寄りかかり始めた。

――おっと。

ワンピースを押し上げている巨大なバストやヒップが、浩平の腕や腰に何度も当たる。その弾力が心地よい。

「私、酔って何度も失敗しているんです」

八杯目のグラスの半分ぐらいまで飲み干したあたりで、亜希子は完全に身体を預けてきた。

「どんな失敗ですか？」

「道で、寝ちゃうんです」

またよろけた。

縺《もつ》れて、後ろ向きになり、背中を浩平の胸板に預けてくる。密着した。浩平としては、後ろから抱きしめている按配になった。

「ぁあんっ」

亜希子が尻を振った。

当たっているのは背中だけではない。臀部が浩平の股間にぴったり触れている。

立ち飲みバーで、なんだか立ちバックをしている格好になってしまった。

「寝ちゃうのはまずいですよ」

「そうだけど……」

亜希子が尻山をもぞもぞと動かした。これは勃起する。

立ち飲みバーはさらに混み合ってきた。

満員電車状態だ。

「なんか、今夜はとても気持ちがいいわ。奢ってもらって飲むお酒って、よけい美味しいのよねぇ」

亜希子はそんなことを言いながら、ますます浩平に身体を預けてくる。ごく自然に浩平の肉幹が擦れた。

酔っているせいなのか、はたまた意識的にそうしているのか。そこのところの判断が難しい。

「こんな安ワインでも、そう言っていただけるのは光栄です」

それにしてももう摩擦願望を抑え切れない。

浩平は勝負に出た。

周りの客に気が付かれないように、カウンターのローストビーフに箸を伸ばすフリをして、股間をグッと前に押し出してみた。

亜希子の左の尻山に、剛直の側面が埋まった。ズボンとワンピースの布地を通してでも、それはハッキリわかるはずの硬さであった。

「あらっ」

亜希子がさすがに、身体を捻って、尻を外した。

——やりすぎたか？

浩平はたちまち後悔した。放っておけば、もう少し尻の弾力を楽しめたものを、先を急ぎ過ぎたために、仄《ほの》かに芽生え始めた女の淫気に水を差してしまったのかも知れない。

「すみません。押しちゃいました」

故意ではないという体裁とった。

「平気ですよ。私のお尻って大きいですから邪魔くさいですよね」

勃起していることには触れずに、身体を本来の立ち位置である浩平の真横へと移す。

立ち飲みバーとはいえ、立ちバックのような体勢でずっといるのはやはり妙なのでやむを得ない。

「いやいや、ヒップもバストも魅力的ですよ。あっ、この発言、セクハラになってしまいますね」

浩平は、頭を掻いた。暗に勃起していることへの言い訳だった。

「あら、私、誉められるの、大好きなんですよ」

亜希子は今度は、身体の左半分を預けてきた。

すると肉幹はさらに怒張し、亜希子の腰骨の下あたりにぴたりと当たる。

これはもう気づいていないわけがない。だが、亜希子は離れようとはせずに、密着させたままだ。

もはや疑う余地はない。確信犯だ。少なくとも、この場での多少のいちゃつきは容認するものと受け取れる。

2

「別なところに、飲みに行かない？」

突然真横の男の声が耳に飛び込んできた。男は、さらにその向こう側にいる女に言っているのだ。

「えぇ～。出会って三十分なのに？」

女が答えている。拒絶している風でもない。二十代後半同士のビジネスマンとＯＬのようだ。

「だめかなぁ」

と男が店内を見渡す仕草をする。

「ノーってわけじゃないよ」

女が答えた。なるほど銀座の立ち飲みバーは、ナンパ場でもあるのだ。

おっさん同士があつまる隣の新橋とは、雰囲気が違う。

二十分前に出会った即席カップルが勘定を済ませて出ていった。男はすでに女の肩を抱き、女は彼の腰に手を回していた。

亜希子は無言でそのカップルのことを眺めていた。彼女もこれが目的で入ったのか？

浩平は色めき立った。

彼女は競争社会に生きているタフな女だ。自分の本性を見せる場所とは案外こうしたバーだけなのかも知れない。

浩平はあらためて、股間の剛直を、亜希子の腰骨下の太腿に押しつけてみた。抵抗はない。ワンピースの奥から微熱を感じた。

「まだ、お名前とか、お仕事について聞いていませんでしたよね」

亜希子が目を細めた。

「赤坂浩平《あかさかこうへい》。日東大学の職員です」

偽《にせ》の名前と職業を名乗る。大学職員は百貨店外商部にとって旨味のある相手だ。亜矢子の眼が妖しく光った。

「私は、木場彩《きばあや》。松菱銀行に勤めています」

相手も嘘をついている。完璧に酔ってはいないということだ。

それよりもなによりも、亜希子のワンピースの脇のファスナーが半分以上開いていた。ズボンの中とはいえ、硬直した男根を、ゴリゴリと擦り付けている間に、ずり下げてしまったらしい。

黒のハイグレパンティのストリングスが生で拝めた。

——あのパンティの中に、手ぇ、突っ込みてぇ。

「大学ではどんなお仕事を？」

亜希子が聞いてきた。

「運動部のユニフォームや備品などの調達です」

「へぇ、そうなんですか」

百貨店外商部なら食らいつくはずのネタをぶら下げたのに、亜希子は軽く受け流し、また身体を寄せてきた。

仕事よりも、心がエロい衝動に向かっている。浩平はそう読んだ。

女を落とすときに、最も大事なのは、勇気だ。それしかない。

浩平はまたもや賭けに出ることにした。

勃起の擦り付けに続いて、今度は、彼女の股間へのタッチという大博打に打って出ようと思う。

それもワンピースの脇から手を突っ込もうというのである。

「銀行の仕事もストレスが溜まるんでしょうね」

言いながら、ファスナーの開いた部分に手を触れてみた。まずは手の甲からだ。

「溜まりますよ。堅い職場ですからね。冗談も言えない雰囲気」

亜希子はあくまでも銀行員を装っていた。すっと手のひらを返し、ワンピースの内側に潜り込ませた。

黒のハイレグパンティのストリングスに触れる。

「んんん」

亜希子の身体が微妙に揺れた。浩平は指先を股布のほうへと向けた。リスク承知の大冒険だ。さすがに自分の指先も震えた。

「大学には女子学生も多いんでしょう」

亜希子が浩平の肩に頭を乗せてきた。浩平は、するっと手を亜希子の股の間に潜り込ませる。人差し指の指腹が股布の中央に触れた。

股布は、びちょ、びちょに濡れていた。浩平は薄い布の上から、くすぐるように割れ目を擦った。

もはや亜希子が触られていることに気づいているのは明白だ。

なのに、

「日頃、若い女の子にばかり囲まれているんでしょうから、三十過ぎの女なんて、興味ないでしょう」

などと、股間を触られていることに気づきもしないような口調で言っている。

「僕は、三十以下の女になんか興味ありませんよ」

出まかせを言って、指を尺取り虫のように動かした。湿った股布がどんどん内側に食い込んでいく。

元々狭い股布だ。脇から肉丘が、にゅるりとはみ出してくるのがわかった。

動かしているのは指だけなのに、まるで山頂を目指して、一歩一歩、歯を食いしばる登山者のように呼吸は乱れてくる。

——あともう一歩。

亜希子が、ワイングラスを呷った。すでに八杯目を飲み終えた。

——いまだ。

浩平は、勇気を振り絞って、指をクロッチの内側に潜りこませた。

ねちゃっ。

女の粘膜に指が当たる。生温かい。

「んんんっ」

浩平の肩に頭を乗せたまま、亜希子が明らかに喜悦の声を漏らした。

ヒップがくねくねと揺れる。

立ち飲みバーのカウンターに並び、酔客たちの甲高い声を聞きながら、まんちょを触る。

憧れていた行為だ。

浩平は、指をワイパーのように動かした。花弁を押し広げるように動かす。指の滑《ぬめ》りが一段と良くなった。とろ蜜は、奥からどんどんあふれてくるのだ。

「はふっ。ぬはっ」

亜希子の身体が前後左右に揺れ出している。

不自然ではなかった。ここは立ち飲みバーだ、みんな酔って揺れている。浩平はとどめを刺しに出た。

人差し指を秘穴へと向ける。不思議なものだ。これだけは、いつも勘で指が自然にその場所を探り当てる。

案の定、窪みはすぐに見つかった。するっと差し入れた。圧迫されながら、指がのめり込んでいく。

「んはっ」

亜希子が肩から頭を離し、とうとう背筋をピーンと張った。

浩平の指先もピーンと伸びた。

「こ、こんな場所で、指を入れちゃうなんて。あんまりだわ。初対面なのに」

さすがに亜希子が、顔を激しく振り、浩平の耳元でそう囁いた。

「初対面じゃなきゃ、こんなことできないですよ」

浩平も言い返す。どちらも相手の耳殻に舌を這わせて言っていた。

「そ、そうだけど、限界があるわ」

その亜希子の言葉を遮るように、浩平は淫層に挿し込んだ指をクルンクルンと回転させた。得意のヘリコプターフィンガー。

「んんんんっ」

亜希子は堪えるので精いっぱいのようだ。太腿がぎゅっと寄せられ、淫層も窄められる。

そんなに掻き回さないでっ、と言われているようだ。

ぎゅうぎゅうと指を圧迫してくる。

心地よい圧迫だ。

それで引き下がっては、男の値打ちも下がる。浩平は、指をくの字に曲げた。膣路の中のとろ蜜を掻き出すように、くちくちゅと動かす。

「ち、ちょっと、いくらなんでも、それは」

亜希子が、息も絶え絶えになって浩平の腰に腕を回してきた。

もう立っていられない様子だ。

「では、これはどうですか？」

と浩平は、人差し指に加えて中指も挿入した。二本刺しだ。

「うわっ、お願い、ここではもう、やめて」

懇願する亜希子の瞳は潤んでいた。ホテルに連れて行ってとせがんでいるようにも見える。

「もう少しここでこうしていたい。こっちこそお願いだ」

彼女の耳殻を舐めるようにそう伝え、浩平は膣壺の中で、人差し指と中指をV字に開いた。細長い肉路が、くぱぁ〜と広がる。

「いやぁああ」

亜希子に耳朶を噛まれた。それでも、浩平は、くぱぁ、くぱぁと、何度も指を開閉させた。

ホテルに行ってしまうと、男と女の手順はあらかた決まってしまう。

脱いで、シャワーを浴びて、お互いの陰部を舐め合い、頃合いを見て合体する。それが定番だ。

浩平は思う。

——その予定調和からどれだけはみ出すかが、エッチの醍醐味だ。

「ここで、一回昇《い》っちゃってくださいっ」

今度は二本の指を束ねてピストンを開始した。

しゅっ、しゅっ、しゅ。

「嘘っ」

亜希子がくるりと身体を回して抱きついてきた。互いに向き合う按配になった。顔がくしゃくしゃになっていた。

エロエロになった顔を、カウンターの中の従業員に見られたくないようだ。

「立ち飲みバーで、立ったままで、アソコをいじられるなんて、感じすぎてしまうわ。でも、もう周りに、気づかれているんじゃない？」

肩の上に顎をのせ、耳もとでそう言う。

「いちゃついている気配は、勘づいていると思いますが、まさか直撃しているとは思わないでしょう。下半身は、見えていないことだし」

この立ち飲みバーのカウンターの高さは浩平の腹部の上である。亜希子のバストのわずか下方だ。したがって下半身は完全に隠れている。

周囲の客たちも、カウンターの上のグラスや皿に視線を這わせているか、仲間と談笑しているので、他の客の下半身などを気にしている様子はなかった。

「でも、もうぐちょぐちょなのよ。女にこんなことを言わせないで。私を早くホテルに連れて行って。そうじゃないと……」

亜希子の手が浩平の股間に這ってきた。ズボンを押し上げている肉根の胴体をゆっくり撫でまわされた。亀頭がむくむくと動いた。そこを触られた。

「おぅっ」

浩平は目を剝いた。眼球が零れ落ちそうなほどの快感が背中や尻裏にまで走った。

「くっ」

負けじと。まんちょに挿した二本指を上下させた。

しゅっ、しゅっ、しゅ。

人差し指と中指は、糊《のり》とか葛湯《くずゆ》の中に突っ込んでいるような感触だ。

「んんんっ。だめだってばっ。だったらこうしてやるわ」

「えっ」

亜希子が、いきなりズボンのファスナーを下げてきた。

「木場さん、そ、そこはダメです。窪みは指を抜けばそれで終わりですけど、でっぱりは一回出したら、戻しようがなくなります」

男女の原則論を伝えた。

「ヌイちゃえば、萎んで、すぐに戻せるでしょう」

「いやいやいや……」

浩平は腰を引いた。立ち飲みバーで、肉棒を出すのはいくらなんでもリスクがありすぎる。

「ホテル行きましょう」

浩平は亜希子のまんちょから指を抜き、あっさりそう伝えた。

人差し指と中指に付着した白濁液をさりげなくカウンターに擦り付ける。葛湯でも垂らしたような二本線が付着する。

「やめてよ」

亜希子が拭き取ろうとおしぼりを手にした。

「足跡ならぬまん跡を残しましょう」

「バカじゃない？」

「スケベにバカはいないっす」

浩平の持論だった。

探求心と創意工夫。さらには果てしない妄想力。それらがあるからスケベになれるのだ。

「ほらもう見えなくなった」

浩平は、マン汁を擦り付けたカウンターを指さした。

「あら、ほんと」

とろ蜜には即乾性がある。

たぶん、女性には『濡れていたことを、なかったことに』しようとする習性があるのではないか。

「僕の指も、もうカサカサになっている」

浩平は指二本を並べて見せた。本当に不思議なのだが、まん汁はすぐに揮発《きはつ》する。

「私は、まだ乾いていないけど」

亜希子がさりげなく股間を指さした。

「そこが乾かないうちに、早く行こう」

「この辺はダメよ。銀行の人と出くわす可能性があるから」

そうじゃないだろう。あんたが勤める松菱百貨店が四丁目にあるからだろう、と言おうとしてやめた。

言うのはやってからだ。

浩平はバーを出るとすぐにタクシーを拾った。昭和通りを上野に向かう。乗車中もワンピースの脇ファスナーを降ろし、指を入れてこねくり回した。

「いやんっ」

運転手の様子を気にしながらも。亜希子も今度は堂々と股を拡げた。指二本がずっぽり入る。

「乾いちゃうと、また一から出直しだから、到着するまでいじっていたい」

「ばかっ」

亜希子が顔を真っ赤にしている。鼻孔も開いていた。浩平は指で奔放に壺を掻き回した。

タクシーが広小路で右折した。急な曲がり方だった。

「おおおお」

「うわわわ」

遠心力に身体が大きく傾き、穴をグーンと左に引っ張ってしまった。

「いやぁあ、穴が広がっちゃう」

3

湯島のラブホテル。松菱百貨店の小林亜希子はバスルームで、女陰を丁寧に洗っていた。

──まったくもってあの男、とんでもないスケベだ。

男とは北急百貨店の青山浩平のことだ。かねてからライバルとしてチェックしていたのだ。

午後から尾行されているのはわかっていた。亜希子の顧客を探ろうと鎌倉の結婚式場までつけてきたのだ。

だが、亜希子はわざとあの顧客を選んで、向かっていたのだ。

あの結婚式場は、支払いが滞りがちでそろそろ左前になりつつある。うまく北急百貨店が不良顧客を抜いてくれればいい。

帰りもきちんと追ってきたので、誘いを掛けようと立ち飲みバーに入った。最近はナンパ場と化しているバーだ。

こちらから誘いを掛けようとしたら、向こうから攻め込んできた。

ビールグラスを倒して、きっかけを作ってくるなんて、子供だましのような手を使う男だと思ったが、そこから先が凄かった。

尻山に勃起を押しつけられ、そのサイズの大きさにど肝を抜かれたが、それ以上に驚かされたのは、ワンピースの脇から手を入れてきて、なんと生まんちょをいじりまわしてきたことだ。

——燃えた。あれには燃えたわ。

亜希子はクリトリスの皮を剝きその周辺を洗いながら、その時のことを思い出していた。あんな大胆な男には、出会ったことがない。

ハニートラップを仕掛けて、なんとか不良顧客を引き取らせるつもりだったが、それより先に自分が乱れてしまった。

——でも、あの男も何か企んでいるわね。

自分の素性を知って近づいてきているのだから間違いない。淫気を一度消さねば、あいつのペースにはまってしまう。

ここは一回、気を遣ってしまうのがいい。

亜希子が右人差し指で秘穴をクシュクシュとピストンし、左手でクリトリスの周囲をなぞった。バスルームの向こう側はベッドルームだが、ガラス窓で仕切られている。だが、いまはこちら側に、スクロール式のカーテンを下げている。

見られることはない。

「あんっ」

クリをしごいた。あの男の男根が思い浮かぶ。秘穴をほじくる。あの男の指が入ってきたときのことを思い出す。

「ぁあぁ」

蜜がどんどん溢れてきた。

亜希子は、せっせとオナニーをしていた。

鏡に向かい、がに股になって、指を走らせる。自分の顔がいつになくいやらしい。

とにかく早く極点を見て、気持ちをさっぱりさせないことには、北急百貨店の青山に対抗出来そうにない。

急ごう！

オナニーでそう思ったことはあまりない。じっくり、やる方が好きだった。

じわじわと気持ちを盛り上げていき、最高の気分の時にクリトリスを親指と人差し指で、ぶちゅッと潰して、一気に天国に駆け上がる。

オナニーのコツはそれだと思う。

だが、今はそんな悠長なことは言っていられなかった。あの男のことだ。あまり長い時間バスルームにいると、バスタブに浸かって待っていると勘違いして、巨砲を反らせながら、入ってきてしまう可能性がある。

そしたら、もうここで後ろから前からズブズブにされるのは目に見えている。

――早く、昇かなくては。

亜希子は左右の指をフルスピードで動かした。

「あうっ、んはっ」

この場合、やはりクリトリスを集中的に攻めるのがいい。ギュッと二本指で摘まみ、グ~インと引っ張った。

「あぁあああああああ」

最低のオナニーだが、一気に頭が真っ白になった。パツンと何かが弾ける。

「うわっ」

気持ちよすぎてのけぞった。座っていた椅子から落ちそうになる。亜希子は慌てて目の前に手を伸ばした。

溺れそうになった時に、何かに摑まろうとする動きに似ている。

「昇くぅう」

と一人叫びながら、紐のようなものを摑んだ。ぐっと引く。突然、バーンと、目の前のスクロール式のカーテンが上へと巻き上がった。目の前はベッドルームとここを仕切るガラス窓だ。

「うっわあああ」

亜希子は叫んだ。

おまんちょの中から、何もかもが飛び出るのではないかと思うほど驚いた。

ガラス窓の向うで、亀頭がこっちを向いている。

カーテンが上がった瞬間、どぴゅっと精汁が飛んできた。

「こっち向いてオナニーしないでっ」

亜希子は叫んだ。

「あなただって、やっているじゃないかっ」

青山も怒鳴りかえしてきた。放出しながらだ。

まさか、ガラス窓の向こうとこっちでオナニーをし合っているとは、お互い思いもしない。

亜希子は、右手を膣壺に突っ込んだまま腰を抜かした。

窓の向こう側では、青山が目を見開いたまま、亀頭の尖端からどぴゅん、どぴゅん、と精汁を飛ばし続けている。

——どっちも、間抜けだ。

「私の裸を連想しながら、しごいていたんでしょう」

亜希子は眦《まなじり》を吊り上げながら、窓ガラス越しに怒鳴った。

「あんただって、俺の指の感触を思い出しながら、まんちょをいじっていたんだろっ」

青山も言い返してきた。射精中のせいか、語尾がひっくり返っている。

「違うわよ。タクシーのなかで、無理やり膣を押し広げられたから、ゆるくなっていないか、確認していたのよ」

咄嗟に言いつくろった。膣壺に指を入れている理由は、他に考えられなかった。

「じゃあ、なんで乳首やクリトリスがそんなに硬直しているんですか！」

青山が、指ではなく、亀頭で、上下のポッチを指し示してくる。

確かに、コリコリに固まっている。

「汁を飛ばしながら、偉そうなこと言わないでよ」

子供の喧嘩のような罵り合いになった。

「ううう」

青山が腰をぶるぶるっと振って最後の数滴を落とした。

亜希子も、われに返り股を閉じた。

バスローブを羽織りベッドルームへと向かう。

ガラス窓越しに精汁が飛んでくる様子を見た衝撃は大きかった。

亜矢子とて過去に顔射された経験は何度もある。

だが、その瞬間は当然目を瞑《つむ》っている。

だから亀頭の尖端が開いて汁玉が飛び出す瞬間など見たことなかった。それも正面からなんて初めてだった。

ガラス窓があったために目を瞑らずにすんだからだ。

ドカンって感じだった。

自分の膣壺の中で亀頭が、あんな爆発を起こすのかと想像すると、急にドキドキしてきた。

たったいま自分の指で昇天したばかりだというのに、また膣層の奥が疼きだした。

「ねぇ、出したばかりだとすぐにはムリかしら」

ベッドで煙草《たばこ》を吸っている青山に聞いた。

「乳首とかしゃぶってくれればすぐに勃起しますよ。俺」

年下の癖に、図々しいことを言う。だがそこで亜矢子は閃いた。

4

「乳首をたっぷりしゃぶってあげるわ」

亜矢子はバスローブを脱ぎ捨てて、青山に身体を寄せた。そろそろ、この男の正体を暴いてやろうと思う。

「そしたらすぐに勃起しますよ」

青山浩平は、真っ裸のままベッド上に大の字になっている。返す返すも偉そうだ。口調もなんとなくため口に近くなっている。

「私、男の人の乳首をしゃぶるのって、フェラチオよりうまいと思う」

そう言いながら、まずは右側に、チュバッと吸い付いた。乳首は、女の方が吸われ慣れているから、どうされれば気持ちいいか、本能が知っている。

フェラチオのほうは、女の持っていないものへの愛撫だから、どうしても経験値に頼る。つまりそれ以前に舐めた男がいいと言った部分を攻めていることになる。

男根の快楽ポイントは男によってそれぞれ別で、フェラが上手い女というのは、それだけ経験人数が多いということだ。

「んっ」

青山が背中を持ち上げた。みるみる硬直する。左の乳首を指でこちょこちょと撫でまわす。

「うっ」

青山の股間を見やると、すでに半勃起状態になっている。ほんの少し前に、自爆した肉棹とは思えない復活ぶりだ。

「しゃぶりながら、しごいてあげる」

棹を握ってやった。

「あっ、いいかも」

青山も、亜希子のまんちょに手を伸ばしてきた。

「いまは禁止。さっきバーとかタクシーの中で、さんざんいじりまわされたんだから、今度は私が攻める番よ」

「そうか。なんか奉仕させているみたいで悪いですね」

青山は天井を向いたまま目を閉じた。

左右の乳首を交互に舐めながら、玉袋と棹をやわやわとしごいてやる。松菱百貨店の社長、石橋清太が好きな触られ方だ。

じわりじわりと淫気を盛り上げてやるのだ。

「おぉおぉ、だいぶいい感じになってきた。挿し込もうか」

突如、青山が目を開けた。

その双眸は、欲望にからめとられた色をしている。もう発射するまで、引き下がれないと見た。

「ねぇ、北急の青山さん。取引しない？」

棹を握っていた手のひらを上にあげ、亀頭を包み込みながら、そう言ってやる。

「えぇ～」

青山が目を剝いた。

「私のこと松菱百貨店と知ってナンパしてきたんでしょう」

ここからが、勝負だ。

「わわわっ」

青山の眼が泳いだ。

亜希子は、亀頭を撫でまわしたあと、今度は指を落下させ、皺袋を包み込んだ。

「金玉、握っちゃった」

ぎゅっと握りしめてやる。

「ううう……最初から気が付いていたのか」

青山の口調から敬語が完全に消えた。

「当然よ。丸産自動車の制服の受注をひっくり返したのはあなたでしょう」

金玉をさらにぎゅっと握る。

「おわっ、いいっ」

先走り汁が漏れた。金玉で感じるって珍しい男だ。

「それで、俺をどうしようと」

「さっきの立ち飲みバーで私の身体を触りまくっていた様子、店の防犯カメラに写っているはずね。それを取り出して、北急百貨店の社長に送るわ」

亜希子は言ってやる。

「なんだって！」

さすがに青山は蒼《あお》ざめた。

「警察沙汰にならなくても、あなたの北急での未来は終わるわね」

勝ち誇ったように言ってやる。

「俺を今後、操《あやつ》るつもりだな？」

先走り汁を漏らしているくせに、青山は鋭い眼光で睨み返してきた。

「うん。私のために動いてもらう」

「どういうことだ？」

「さっきあなたが尾行してきた北鎌倉の結婚式場。あそこの引き出物、引き受けてくれない？」

不良顧客は北急に押し付けたい。

「まさか、やばい取引相手じゃ？」

「それは、なんとも」

亜希子は青山に跨った。いまや主導権は自分にある。騎乗位でいただくつもりだ。直立している肉棒を蜜壺の奥深くへと一気に収めた。

「あぁあぁんっ」

この肉茎、凄くいい形をしている。鰓の嵩張《かさば》りがとんでもなく良いのだ。膣の柔壁をぐいぐいと割り拡げてくる。

「まぁ、前途を閉ざされるよりは、不良顧客を押し付けられたほうがマシだね。自分の腕で何とか切り抜けてみせるさ」

青山はずんずんと突きあげてきた。

「いやんっ。へこたれない人ね」

「先のことなんてどうだっていいさ。今は、小林さんのおまんちょの味をたっぷり楽しみたい。なんか凄く締まるまん道ですね」

憎たらしいことを言う。

「さっきは人前だったから、おっぱいには触れなかったので、じっくり揉ませてもらいます」

青山が両手を伸ばしてきた。メロンサイズのバストをむんずと摑み、もみくちゃにされる。

——この野放図な若者、ちょっと惹《ひ》かれちゃう。

青山は、亜希子が腰を振る前に、ずんずんと縦に突き上げてきた。こちらが騎乗位を取っているにもかかわらず、正常位の迫力で突きあげてくる。

どんだけ、腹筋を鍛えているのだろう。

「あっ、ひゃはっ、いやん、痺れちゃう」

肉襞が逆なでされ、得も言われぬ快感が、脳天まで突きあがってくる。

主導権を握るどころか、翻弄された。

「あぁ、いいっ」

亜希子はたまらず、上半身を前に倒した。

メロンサイズのおっぱいが、むにゅっと浩平の顔に覆いかぶさっていく。サクランボサイズの乳首は、もうはち切れそうなほど硬直していた。

「んんんが」

浩平は呻いた。だが、同時に舌も使ってきた。

べろん、べろん、と乳首を舐め、なおかつ膣壷を穿つ速度をさらに速めてくるではないか。

「うはぁ、なんてタフな人なの」

しかも太い。亜希子は自分の膣壺が過去最大に拡げられているような気がして、恐る恐る後ろを振り向いた。

壁のミラーに自分の巨大な臀部が映っていた。発情した猫のポーズになっているので、ヒップがより大きく見える。

社長の石橋によく見せられたローアングルから撮影されたAVみたいな張り出し方だ。

尻山の中心で、色も形もサラミソーセージにそっくりな肉幹が出没を繰り返していた。

その濃紫色の肉幹にコンデンスミルクのような愛液が付着している。しかも糸を引くほどネバネバしているではないか。自分のおまんちょから流れ出ているものとは、俄《にわ》かには信じられなかった。

「あうぅう」

ずんちゅ、ずんちゅと出没を繰り返すに肉幹に、身体も気持ちもどんどん追い立てられていく。

そのまま二十往復ぐらいされると切羽詰まった。

「あぁ」

そのとき、浩平に乳首を甘噛みされた。脳天まで、ズキンと快感が突き抜ける。

「いくっ」

一回目の昇天に導かれた。陶然《とうぜん》としたたまま半開きの口から涎を垂らしていると、すかさず青山が身体をひっくり返してきた。

今度は正常位だ。

「小林さん。ぼくもあなたの秘密、握っているんです」

スパーンと剛直を打ち込みながら言ってくる。

「なんですって？」

声を上げたものの、おまんちょの奥が気持ちよすぎて、気絶しそうになった。

「小林さんと石橋社長の密会現場、撮影してあります」

「なんですって！」

亜矢子はそう叫んだものの、何しろ、身体の中心に男根を挿し込まれたまま言われたので、驚くのやら、気持ちがいいのやら、ただただ混乱するばかりで、その先の言葉が出なかった。

「だって、ふたりとも大胆過ぎますよ。うちの本店の前のホテルでよく会っていたでしょう。バスローブ姿で、ふたり並んでようちの店を見下ろしていた」

青山は、尻を振りながら言っている。気持ちがよすぎて思考が定まらない。

だが、浩平の言っていることはハッタリではない。事実だ。銀座の松菱として日本橋の北急をいつか吸収したいという思いから、亜希子はあの北急がよく見下ろせるホテルで、セックスを楽しんでいたのだ。

男根を吸収していると、北急も吸収できそうな気持ちになったからだ。

それで、終わった後よく、社長とふたりで窓から北急を見下ろしていた。

「そちらから見えるということは、こちらからも見えるということですよ。屋上の望遠鏡。あれで、俺見ていたんです。そしたら、ふたりがこちらを見下ろしていた。石橋社長、小林さんのおっぱいを揉みながら見ていましたね。俺、望遠カメラでそれ撮影しましたから」

青山は、どんどん律動速度を速めてきた。火を噴くマシンガン状態だ。

これは参った。

そんな映像をばらまかれたら、自分だけではなく、石橋社長も退陣を余儀なくされる。今更ながら、青山がこちらの脅しにも余裕綽々《しゃくしゃく》だったわけがわかった。

「あんっ、私にどうしろと」

「うちに転職してくださいっ」

「えぇえぇ～」

「御社の社長には、関係をバラすと言えばすんなり円満退社になるでしょう」

おまんちょで吸収するつもりが、棹で釣りあげられた気分だ。

「顧客を連れてこいというのね」

上擦った声を上げた。

「もちろんです。でも不良顧客はいりません。置いてきてください」

青山は、そこからラストスパートに入った。乱れ打ちをしてくる。

「わかったわ。はうぅ、うひょ。ぬはっ」

もう、降参だ。

第六章　桃色大バーゲン

1

浩平は地下一階の警備室の扉を開けた。朝の七時だ。

夜勤明けの守衛、鈴木悠太が、私服のズボンに片足を突っ込みながら、目を丸くした。

「おお、外商の青山さん、こんな時間にどういう風の吹き回しだい？」

三和土《たたき》のある、畳の部屋だった。

「いや、スーさんにこの前見せてもらったコレクションのお返しをしなきゃならないって思いましてね」

浩平は仕入れ値で購入した高級焼酎を差し出しながら、畳に上がった。

「コレクションって、あれかい？」

鈴木がスマホを、指さした。

「そうそう、あれです。スーさんの『ホテルの窓際盗撮コレクション』を見せていただいたお礼ですよ」

早起きしてきたので、まだ眠い。欠伸《あくび》を噛み殺しながら言った。

「盗撮ってほどのことでもねぇでしょうよ。大体、映っていた画像では、顔なんてまるで分らないんだから」

着替え終わった鈴木が、備え付けの給湯室から湯呑を二つ持ってきた。さっそくボトルを開け、焼酎を注ぎ込んでいる。

「スーさん、僕ならいらないですよ。これから勤務ですから」

「あぁ、そうだったな。俺は上がりだからよ。軽くやらせてもらうよ」

「もちろんです」

「しかし、なんだな、青山さんも好き者だな。あんな豆粒ぐらいにしか見えない、まぐわい写真を、穴のあくほど眺めていたんだからな」

鈴木がぐいっと呷った。

ここにはときどきやって来ていた。鈴木は守衛という仕事柄、真夜中の店内に詳しい。

社員同士が、結構な頻度で店内セックスを楽しんでいるという。

かくいう浩平も、真夜中にスポーツ用品売り場に忍び込み、和菓子屋からの派遣店員とやっていたことがある。

ゴルフバッグに両手をつかせて、背後から突き立てている最中に、鈴木のハンディライトに照射されてしまったのだ。

口封じのために、鈴木にもやらせてやった。

和菓子屋の店員も、自分の店に知られてはまずいと、あっさり承諾したものだ。浩平が挿し込んでいた時以上に激しく喘いだ彼女は、いまこの鈴木と同棲している。

それ以来、鈴木は様々な夜の情報を教えてくれるようになった。

いまや、重要な情報源である。

鈴木のコレクションを久しぶりに見せてもらったのは先週のことだ。ふと思うところがあった。

小林亜希子の顔は、その時点でよく知らなかったが、松菱百貨店の石橋社長の顔は業界紙などでもよく掲載されているので見知っていた。

確信などあろうはずもないが、鈴木のスマホにアップされた画像の男の輪郭がとても似て見えた。

それを突然、亜希子との情事の際に思い出したまでだ。

あのときの切り返しは、単にブラフでしかなかったのだ。だが、亜希子は、狼狽え、自分から白状してしまった。

スケベに勤《いそ》しむほど、いざというときに、天は味方する。

亜希子も相当なスケベ女だが、浩平の方が上手《うわて》だったということだ。小林亜希子は、まもなく北急百貨店に転職することになっている。

まずは、下着売り場の販売員からやってもらうことになっている。販売力とスケベ力において由理絵と腕くらべをしてもらうのだ。

「なら、茶でも飲んでいきねぇ」

鈴木が湯呑に番茶を注いでくれた。

「ありがとうございます」

浩平は、畳の上に胡坐《あぐら》を掻き、茶を啜った。朝茶はうまい。

「最近は、どうですか？」

夜の事情を訊く。

「あぁ、ゆうべは社長室の前で立ちバックがいたよ」

鈴木が「うめぇ」と、腕で口を拭いながら言った。

「それは、勇気がいるなぁ。誰ですか、それ」

「あんたんとこのボスよ」

「えぇぇぇえ。香川部長ですか」

鈴木が「そうよ」と頷く。

浩平はその場にひっくり返りそうになった。

「相手は、いったいどこの女ですか？」

唇が震えた。

「それが、大物よ。聞きてぇか？　俺は覗きながら、しごいちまったよ」

鈴木が、目元を緩ませた。

「えぇい、もったいぶらないでくださいよ。相手は、誰ですか」

のけぞった体勢を戻し、今度は前のめりになった。

「社長秘書の高岡沙也加《たかおかさやか》よ。ほら、あのおっぱいボインボインの……」

「うわぁ～、高岡さんが、あの高岡さんが、立ちバックでやられていたんですか」

秘書課の高岡沙也加は、三十八歳の独身。グラマラスなボディの持ち主だが、米国の大学院を出た才女でもある。

美貌と有能さから、秘書課の華と呼ばれている。浩平としても、いつか取りにいきたいと思っていたが、これまで、どうにもチャンスがなかった相手だ。

それに彼女は秋山社長の愛人だというもっぱらの評判だった。そうそう手が出せるものじゃない。

「おーよ。高岡女史がさ、ブラウスの前をはだけて、あの百センチぐらいありそうな生乳をもろ出しして、香川部長にもみくちゃにされていたんだぜ」

「ち、乳首は？　高岡さん、乳首も大きかったですか？」

好奇心丸出しで聞いた。

「いや、乳山があれだけでかいのに、乳首は米粒みたいだった。だがよ、それを香川部長に摘まれると、ビンビンに勃《た》てちゃってよ。『部長、もっときつく摘まんでくださいい』なんて喘ぐんだぜ。乳暈は広かったな」

鈴木が、身振り手振りを混ぜながら、解説してくれる。聞いているだけで、勃起してきた。目がかなり紅くなっている。

「アソコの毛は見ましたか？」

「濃かった」

「股の裂け目は？」

浩平は、焼酎のボトルを摑んだ。湯呑に手酌で注ぐ。

「身体がでかい女は、ワレメも長いっていうけれど、あの秘書に関しては、違ったな」

「ワレメが短い？」

「おう、このぐらいだったな」

鈴木が、人差し指と親指を曲げて、長さを示した。六センチぐらいだった。

それは短い方だ。浩平で六センチぐらいの幅を作ってみる。不思議なもので、それだけで、女の亀裂が妄想できた。亀裂が、くぱぁと開いて花びらがこぼれ落ちてくるところまで脳内に浮かんだ。

猥談は、ときに実際の行為以上に、興奮させてくれるものだ。

「スーさん、盗撮はしていないのか？」

「ばかいえよ。そんなことしてバレたら、俺の首が飛ぶだろう」

鈴木は眉間に皺を寄せた。

「残念」

話だけでは決定打にならない。証拠となるものが欲しかった。

「でも、ほかならぬ青山さんだから教えてやってもいい」

鈴木が湯呑を口元に持っていきながら、卑猥な目をした。

「女を回せって言うんでしょう？」

浩平は先回りしてこたえた。

「紳士服売り場の有森美佐枝って、身持ちが固いのか？」

「固い。だが、スーさんのためならセットアップしてやってもいいっす。ただし３Pですよ」

固いどころか、３Pに誘ったらスキップしてやってくるだろう。

「なら、教えてやる。ふたりがやっている最中に防犯カメラのレンズの向きを、警棒を伸ばして少し変えた。あのふたりは、映っていないポイントだと思っていたかもしれないが、そっくり防犯カメラ映像管理室のレコーダーに収まっているはずだ。カメラ⑦のスイッチを押したらモニターに出るはずだ」

防犯カメラ映像管理室は、この守衛室の隣にあって、鍵は総務部長と守衛しか持っていない。

「ＤＶＤとかに落とせますか？」

「落としたら記録に残る仕組みだ。あんたのスマホで、モニターを写せ。それなら俺のせいにはならない。通常、特別な指示がない限り、売り場の映像は三か月、バックヤードの映像は一週間で更新される仕組みだ。俺がここに勤務して十五年、バックヤードの映像をキープしろという指示は一度もない。売り場の方は、時々万引き現場の証拠として、キープすることがあるがね」

「その映像いただきます。有森美佐枝は一週間ぐらいで調達してきます」

鈴木があっさり防犯カメラ映像管理室の鍵を投げて寄越した。

「五分で戻って来てくれ。もうじき早番がやってくる」

「はい」

浩平はいそいそと守衛室を出た。映像はばっちりスマホで映すことが出来た。

「これで、香川部長と高岡秘書を、操れる」

ふたりの絡みがあまりにも迫力あり過ぎて、オナニーしたくてたまらなくなった。

2

四月に入った。

北急百貨店日本橋本店恒例の『新緑バーゲンセール』がやって来た。

この時ばかりは外商部も内勤に回る。

浩平は法被《はっぴ》を着て八階特設売り場の応援に入った。担当は福袋だ。

ここには各売り場のセール品が集められている。売れ残り品ではない。毎年夏冬のバーゲン用に、企画された特別商品が用意されているのだ。

客も殺到する。

「浩平さんは日頃、売り場に立っていないから、お客様を捌き切れるか心配ね。いつでもラインで呼んで」

下着売り場の愛人・良原由理絵も特売場にいた。

「いや、これで呼ぶ」

浩平は由理絵に、小袋を渡した。

「なにこれ？」

袋を覗いて由理絵は目を丸くした。ローターバイブが入っている。リモコン式だ。

「やだぁ」

と顔を紅くしている。だが目は爛々と輝いていた。

「昔のポケットベルの代わりだよ。クリベル」

「バカじゃないの」

「どっかでつけてこいよ。頼みごとがあったら、これを押すから」

ズボンのポケットから、ほんの少しだけリモコンボタンを覗かせて見せた。

「面白そうだわ」

由理絵はローターの入った小袋を持って、トイレのほうへと走っていった。すると紳士服売り場の有森美佐枝が近づいてきた。

「ねぇ。由理絵とうまくいっているみたいじゃない。やっぱり私が推薦した通り、この店一番のスケベ女子は由理絵だったでしょう」

にやけた顔で言う。嫉妬は微塵も感じられない。スケベは、それぞれ違う相手との性交渉をいちいち気にしない。

「あぁ、でも全女子とやったわけじゃないから、彼女が一番スケベとは決定出来ないよ」

「浩平さん、全員とやるつもり？」

「それが定年までの唯一の目標だ」

本気でそう考えている。全店制覇だ。

「呆れた」

美佐枝は笑ったが、自分に言い聞かせるように「私も全男子制覇をめざす」と言ったのを浩平は聞き逃さなかった。

「美佐枝、これをつけてくれよ」

浩平はやはりローターの入った小袋を渡した。美佐枝もすぐに袋を覗く。

「最低っ」

「とはいえ、見たら装着したくなるだろう」

美佐枝の目を覗き込んだ。爛々と輝いている。やる気満々だ。

「いつ、押されるのかと思うと、その前から濡れちゃいそう」

美佐枝は嬉々として、持ち場へと戻っていった。


「一緒に福袋を担当することになった谷川麻衣です。本来は化粧品売り場の派遣販売員です」

なんだかとんでもなくグラマラスな女がやって来た。スケベっぽい。

午前十時の開店と同時に、バーゲン会場には客が押し寄せてきた。開店前から並んでいた客の目当てはほとんどが福袋である。ゆえにだだっ広い会場の中で、客は鉄砲水のように福袋売り場に突っ込んできた。

浩平たち福袋担当は、三十分で汗だくになった。

「いやっ、これは凄い」

販売台を挟んで客に対面している浩平は唸った。

「もういやになっちゃう。化粧品売り場ではこんなことありませんから」

並んで売る谷川麻衣も福袋を渡し、代金を受け取るのに必死だ。

「あっ、いやんっ」

釣銭を渡そうと、ワゴンの内側でかがみこんでいた麻衣が突然尻もちをついた。客が販売台を、ほんの少し、押してしまったのだ。

「大丈夫か」

手を差し伸べた浩平は、わが目を疑った。

「谷川、パンツは?」

穿いていないのだ。M字開脚されたのスカートの奥、漆黒の陰毛と紅い肉扉が張り合わさっているのが丸見えだった。

「あっ、ちょっと、見ないでくださいっ。朝時間がなかったんです」

麻衣が片膝をつきながら起き上がってきた。

「時間がなくても、パンツは穿くだろうよ」

見てしまったせいか、ぞんざいな調子で言った。こんな時は見て見ないふりをする方が、隙間をつくる。はっきり見ちまったという態度をとるほうが互いの垣根を低くする。

「私、化粧品売り場ですから、メイクが命です。見えるところが先決ですから」

麻衣もあけすけに言う。見られたからには、しょうがないという感じだ。

そのまま並んでとにかく客を捌いた。

だけど、気になってしょうがない。

「おまえさぁ、身体を伸ばして代金取ると、後ろ丸見えになっている。ハンケツなんてもんじゃなくて、魔物が見えるんだよ」

本当にチロチロと見えるのだ。

「私のアソコ、魔物ですか？」

麻衣が眦を吊り上げる。

「見ていて、いらいらするから魔物なんだ」

浩平は喉を鳴らした。盛況な売り場で、発情している自分はかっこ悪い。

「わからないようになら触ってもいいですよ。私、店内プレイ、好きですから」

麻衣がしゃらんといった。

それって、凄い。

バーゲン会場で福袋を売りながら、女子店員のまんちょを触るって、興奮する。

立ち飲みバーで、ライバル百貨店の女課長を籠絡《ろうらく》するために触りまくったものの、まさか自分の店で、そんなことが出来るとは、夢にも思ってみなかった。

これは、試着室エッチなどとは次元が違う。目の前に客は見えてるし、他の販売台では同僚たちがやはり声を張り上げてそれぞれの商品を売っているのだ。

真正面にはネクタイを掲げて客を呼び止めている美佐枝がいる。

しっかり股間にローターを装着しているだろうか。

右前方には愛人である由理絵がいる。

北急一のスケベと揶揄《やゆ》され、事実社内のあちこちの角に股間を押しつけている慢性自慰依存症の女である。

いまは美佐枝と同じく、パンティの中にローターを入れているので、角には当てていない。

「どうぞ。五千円の福袋ですが、中身は倍以上の金額分が詰まっていますよ」

横で麻衣が客に福袋を差し出している。販売台は六十センチ幅なので、どうしても上半身が伸びる。するとスカートの裾が引き上がって、太腿の付け根あたりまで覗けてしまう。

「あっ」

ちょっと薄桃色の筋が見えた。女の股座《またぐら》は前から見るのは開脚してもらわなければ、わかりづらいが、バックはちょっと屈んだけで、はっきり見える。

そもそも後背位のほうから挿入しやすいような構造になっているからだ。

ふたりが並んでいる位置の背後は壁だった。

浩平は、さりげなく手を伸ばし、麻衣の粘膜にぴたりと二本の指を這わせた。そこだけ湿っている。

「んんっ」

麻衣が太腿を突っ張らせた。

くぱぁ～と寛《くつろ》げる。孔から熟れた桃のような臭いが立ち上がってくる。

人差し指を挿入してみた。ぬぽっ。

指に糊が付着したような感触。中はとても狭いがピンクの柔壁がうごうごと動いている。ぬぽっ、ぬぽっと出し入れしてみた。

「あふっ」

目の前では客が福袋を物色している。自分は女の福袋に指を入れている。

——あぁ～、スケベはやめられない。

「ああんっ。スリルがあって気持ちよすぎる」

谷川麻衣が首だけ曲げて、悩ましい視線を送ってきた。

目の前では客が福袋を物色しているというのに、自分は女の福袋に指を挿入して掻き回してるのだ。

客か同僚にばれないかとドキドキした。

もう麻衣の肉孔はねとねとで、時折引き出すと、人差し指の尖端に、ねちょ〜っと糸を引いている。

「社内エッチは好きだって言っていたが、谷川、お前、社内のどこでエッチこいていたんだ？」

「営業中は屋上ですね。閉店後は、階段の踊り場が穴場です」

ぬけぬけと言う。

「でも、売り場での指まんも相当いいですね」

麻衣は福袋を掲げて、客に笑顔を振りまきながら、ヒップをくねくね揺らしている。

ふと視線を上げると正面でネクタイを売る美佐枝の姿が映った。

そのまま視線を右にずらすと下着売り場の由理絵がマネキンの前で制服の上から股間に手を当てている様子が見える。

なかなかローターが作動しないのでイライラしているようだ。

ローターの遠隔操作は不意打ちだから面白い。

浩平は片手をポケットに突っ込んだ。ローターのリモコンがある。

なんだか、麻衣のまんちょに指を入れて、美佐枝と由理絵のローターのスイッチを入れると、４Ｐ気分になれそうだ。

浩平はかちりとスイッチを入れた。

瞬間、ネクタイを持ったままの美佐枝がぴたりと動きを止めた。客を呼ぶ声も止まっている。

ひとりストップモーションってなんともおかしい。眉間にしわが寄っている。少し間があって、いきなり販売台の裏側に駆けこんだ。

こちらに背中を向けて前をいじっている。スカートを捲っているようだ。

斜め前方では由理絵が通路にしゃがみ込んでいた。ローターのリモコンは同じ周波数なので、一台で二個でも三個でも操作できる。

由理絵は膝を震わせている。いまにも尻を床につけて開脚してしまいそうだ。

これはやばすぎる。浩平は慌ててリモコンのスイッチを切った。見るとマックスになっていた。

「なぁ、麻衣ちゃん。屋上で、エッチしちゃわないか？」

ぬぽぬぽと指を出し入れしながら浩平は切り出した。指がまん汁でふやけてしまいそうだった。湯気が上がっている。

バーゲン売り場にやれる女が三人そろっているのだ。

福袋を売りながら、膣袋に指を入れさせてくれる麻衣のほかに、股間にローターを当てて悶えている女がふたりいる。由理絵と美佐枝だ。このまま視覚だけで楽しんでいるのはもったいない。

「休憩時間にですか？」

一時間後に休憩が取れる。

「そうだ」

「いいですよ」

膣壺を締めながら言っている。

「屋上でやったことがあるって言っていたけれど、どこでやるんだよ」

「いつもはイベント用のステージの裏側です。だけどもっといい場所がありますよ」

麻衣は嬉々として、膣を締め付けてくる。

「どこだよ」

「一番端にあるヘリポートですよ」

「えっ？」

浩平は驚いた。たしかに北急百貨店の屋上にはヘリポートがある。だが、浩平が入社して約十年、ヘリが離発着したところなど見たことがない。

そもそも北急百貨店はヘリコプターなんて所有していない。

屋上にヘリポートを所有しているのは、自社で商業用に使用するのではなく、災害や有事に備えて、消防や自衛隊のヘリが使用できるように設置されているだけなのだ。

「あそだけ、大きな囲いで覆われてるんです」

それは浩平も知っている。高さ三メートルのジェラルミンの塀で覆われ、出入り口はロックされている。客も従業員も立ち入り禁止。

警備員が朝夕二度の点検のため鍵を開けて入る。それだけだ。

「私、合鍵を持っているんです」

麻衣がにやりと笑う。

「なんで持っている？」

「警備員さんとやるときにあの場所使うからです」

頭が痛くなった。こいつ鈴木のおっさんの女かよ。

「ヘリポートのＨの文字の上でやるのって最高ですよ」

痛いほど勃起してきた。

「わかった。その線でいこう。４Ｐになるけどいいかな？」

「あそこだったら、二十人ぐらいの団体戦が出来ますよ」

「エッチは騎馬戦じゃないんだ」

そう言ったものの、浩平の思いは、屋上のヘリポートに飛んでいた。Ｈのマークの上に、三人の女の尻を並べて、順番に突き刺したい。

浩平はすぐに、その案を由理絵と美佐枝にもラインで知らせた。

3

「わぁ〜、青姦日和《あおかんびより》」

と言いながら、美佐枝が一番にスカートを捲った。

赤いパンティの股間でローターが緩く回転している。

「一時間以上、ゆっくりじっくり回されると、もうずーっとエロい頭になっちゃう」

と由理絵はスカートの上から股間を押している。

「なら、一気に飛ばしてやる」

浩平は、リモコンでの振動数をマックスにした。

「うわぁっ、立っていられない。いくっ」

由理絵がコンクリートの上の尻をつけて、顔を青空に向けた。

ここは北急百貨店の屋上、四方を塀で囲われたヘリポートの内側だ。空以外見ている者はいない。

「ここよ。私、ここでバックで挿入されたい」

麻衣が、ヘリコプターの着陸位置を示すHの文字の真上で四つん這いになった。

麻衣はノーパンだ。売り場にいたときから、浩平に指ズボされていたので、尻の割れ目の底から覗かせた花びらはすでに愛液でドロドロに濡れている。

「浩平さん、真っ昼間からハーレムね」

美佐枝が麻衣の横に並んで、赤いパンティを脱いだ。

「うわぁ。美佐枝さんの、中心も蕩《とろ》けちゃっている。麻衣ちゃんにいたっては、もう孔がぽっかり開いているもん」

股を開いたまま後ろから覗いた由理絵が、その図を見てさらに興奮したのか、ローターの尖端をクリ豆に当てて四肢を震わせた。

「おまえ、女のアソコを見ても興奮するのか？」

浩平はズボンを脱ぎながら聞いた。

「興奮するわよ。アソコに男根が入ってズコズコするのかと思うと発情するの」

浩平がトランクスを脱いで、天狗の鼻のように反り返った男根を晴天の下にさらすと、すかさず麻衣が横から顔を出した。

「私が先に舐めます」

「頼む」

「フェラも太陽の下でやると後ろめたくないですね」

「そういうもんか」

いきなり、カッポリ咥えられた。亀頭に舌が絡められる。裏筋をじゅるじゅる舐められ、快美感が全身に広がった。

「早くっ、こっちにも挿し込んでよ」

「おまんちょ、日焼けしちゃうからぁ」

由理絵と美佐枝が同時に尻を振った。

「花びらが黒くなったら、ヤリマンみたいに思われるからいやよね。浩平さん、早く挿し込んでっ」

さんさんと春の陽光が当たる屋上のヘリポートで、四つん這いになった美佐枝と由理絵が、プルップルッと生尻を振った。双方の股の裂け目から蜜が飛び散る。

「待て待て、いま麻衣ちゃんに舐めてもらっているところだ」

浩平は、麻衣の頭を抱えながら伝えた。

じゅるじゅるりと舌先で亀頭の裏側を攻められていた。浩平は、すでに一時間以上前から発情しっぱなしだったので、男根はいまにも破裂しそうだった。

「出してから、挿入しますか？　それとも、いま挿し込みにいきたいですか。挿したらすぐに、これ淫爆しますよ」

麻衣が上目遣いに聞いてきた。先に口でヌイてしまいたい、という目だ。

「いやいや、放出は膣がいい」

ここは尻を出しているふたりの女から挿入するべきだ。

女たらしにも五分の義理がある。

「わかりました。ではこれでセットアップ完了ということにします」

麻衣が唇を解いた。亀頭の先からすでに先走り液が漏れている。

「あの、先に入れてすぐ爆発と、後に入れてゆっくり擦るのと、どっちか選択してもらえるか」

ふたりに聞いた。

「私、先入れがいいっ」

と美佐枝が尻を向けたまま右手を上げた。

「では、私は後入れで一万回出し入れお願いします」

と由理絵。まん擦《ず》りが好きなのだ。

浩平は美佐枝の尻の前で膝立ちした。濃紫色の亀頭を、むりむりと桜色の淫壺にめり込ませた。

「あぁ、凄く感じるっ」

美佐枝が壺をきゅっと窄めた。亀頭が割れるような気がした。

「三擦り半で出そうだ」

正直に答えた。

「いいわよ。その代わりいっぱい流して」

「おぉっ」

浩平は尻を振った。隣に並んでいる由理絵の尻の下から指を挿し込み、指まんしてやる。

「あぁあ。なんか美佐枝さんが挿入されている感じが伝わってくるわ」

由理絵も尻を激しく揺すった。

麻衣は麻衣で花びらを全開にして太陽に秘穴を向けている。

「お日様とエッチ」

太陽に向かって股を開き、淫壺の入り口を両手の指で、ぐーんと割り拡げた麻衣がそう言っている。

バカじゃねぇか？

この女は放っておくことにした。

それよりも美佐枝の淫壺に挿し込んでいた男根を十往復させたところで、切羽詰まってきた。

「出る！」

「今日はバーゲンなんだから、いっぱい出してっ」

言われるまでもなく、亀頭の尖端から、精汁が堰《せき》を切ったように奔流し始めた。淫層にどんどん流れ込んでいく。

「おわわぁあ」

射精の瞬間ほど気持ちの良いことが、この世にあるとは思えない。

間抜けな顔で、流しつづけた。

三分休憩してすぐに、由理絵の円いヒップの下から覗く紅い股底に、挿し込んだ。

「私には、じっくりね。ぁあん。美佐枝さんの匂いが付く感じ」

四つん這いの由理絵が太腿を震わせ、膣を窄めてきた。

「んんはっ」

鰓が柔らかい粘膜にめり込む感じだ。

ずんちゅ、ずんちゅ、と棹の出没運動を繰り返し始めた。

一回放出しているにもかかわらず、淫気がすぐに回ってきた。美佐枝と麻衣が、浩平の左右の乳首を舐めしゃぶり始めたからだ。

「んんんんっ」

屋上での４Ｐは佳境に差し掛かっていた。

腰を振りながら、ふと思い出して、浩平はスマホを取った。腰を振りながら、スマホをタップし、守衛の鈴木にメールした。今頃は夜勤明けで仮眠室で寝ているはずだ。

『有森美佐枝、準備完了。屋上へ。ヘリポートへ鍵を持参で』

守衛の鈴木なら警備室から鍵を持ってこられる。早く気づいてもらいたい。

メールを終え、由理絵の腰骨をしっかり押さえこみ、フルスロットルで突いた。

得も言われぬ快感が亀頭の先から、脳に向かって駆けあがってくる。

「あひゃ、なんか浩平さん、今日は一段と凄い」

由理絵が首を振り、背筋を浮かせた。

「ぉおおっ、また出るぞ」

浩平は呻いた。

「出してもいいけど抜かないでね」

由理絵が尻を高く掲げたまま、うっとりとした顔をこちらに向けてくる。

その顔に刺激された。びゅんっと由理絵の中に噴きこぼす。

ほどなくして、守衛の鈴木がやって来た、やはりこういうことには敏感だ。熟睡していたのにすぐに気が付いたようだ。

「美佐枝、お尻を空に向けて、おもてなしポーズを。ヤリ友の鈴木さんの登場だ」

「はーい」

美佐枝が四つん這いになって、尻の亀裂を空に向けた。

「なんだなんだ。３Ｐじゃなくて、５Ｐじゃねぇかよ」

と目を丸くしながらも、鈴木のおっさんは、すぐにズボンを下ろし、肉の尖りをずぼっと美佐枝の秘孔に埋めた。

踊りの達人は、即座に踊りの輪の中に入れるものだ。

「あうんっ。守衛さん、凄く硬い」

美佐枝も悦《よろこ》んでいる。

「でしょっ、でしょっ。私も初めてスーさんに突っ込まれたとき、ジジイすげえなって思ったんだもの。魚屋の大将より断然いいと思った」

麻衣が、鈴木のシャツを捲り、乳首を舐め始めた。

「おお。美佐枝と麻衣のダブルっていいな。紳士服と化粧品の両方の売り場を制覇した気分だ」

——鈴木のおっさん、俺にどっか似ている。

やっぱ青姦っていい。

浩平は青空を見上げた。入道雲が自分が発射した精汁に見えた。

俺もどっかおかしい。

スケベはやめられない。

精汁を噴きこぼしながら、浩平は、改めて腰を振った。

「あっ、ぬるぬるしたままもいい感じ」

次元の違う快感にまた襲われた。永遠に射精していたいものだ。

「あれ？」

由理絵がその青空を見上げながら、首を傾げた。浩平も見上げた。

「わっ」

入道雲の切れ間から、一台のヘリコプターが現れた。ぐんぐん高度を下げてくる。

『北急航空―ＫＡＫ００７』と機体のマークが見えてきた。

「あれは、北急ホールディングスの会長を乗せたヘリじゃやねぇか」

鈴木が言った。

「バーゲンの視察ってこと？」

由理絵が膣を窄めた。

「嘘。いま抜かれたら、悶え死んじゃうわ」

と美佐枝。

「この際だから、会長にもまざってもらうしかない」

浩平は腹を括《くく》った。

――世の中、運だ。

スケベは絶対成功する。そう信じて腰を振り続けた。


（了）

※本作品は「スポーツニッポン」2019年5月2日付～2019年7月31日付に連載されたものに、大幅に加筆を加え、改訂したものです。

＊本作品はフィクションです。作品内に登場する人名、地名、団体名等は実在のものとは関係ありません。

長編小説
欲望百貨店《よくぼうひやつかてん》
沢里裕二《さわさとゆうじ》

2020年2月24日　初版第一刷発行

ブックデザイン…………………… 橋元浩明(sowhat.Inc.)

発行人……………………………………………後藤明信
発行所……………………………………株式会社竹書房
〒102-0072　東京都千代田区飯田橋2－7－3
電話　03-3264-1576（代表）
03-3234-6301（編集）
http://www.takeshobo.co.jp
印刷・製本……………………… 中央精版印刷株式会社

ISBN978-4-8019-2177-1　C0193